谨以此书献给

那些和我们一样稚嫩平凡却心怀梦想的人

以及那些帮助稚嫩平凡的我们实现梦想的朋友们

有些事情从前不敢想，如今真的做到了

自己也觉得不可思议

如果硬要一个解释的话

我想应该是

____

（答案在书中）

图书在版编目（CIP）数据

两个人和全世界·从雨林迷雾到千岛落日 / 贝贝，悄悄著．—郑州：河南美术出版社，2018.12
ISBN 978-7-5401-4484-5

Ⅰ．①两… Ⅱ．①贝… ②悄… Ⅲ．①游记－作品集－中国－当代 Ⅳ．① I267.4

中国版本图书馆 CIP 数据核字 (2018) 第 243536 号

两个人和全世界·从雨林迷雾到千岛落日

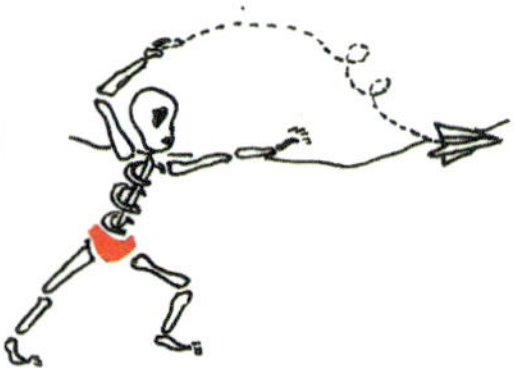

贝贝 悄悄 / 著

特约策划：孙俏俏
责任编辑：孟繁益 杜笑谈
责任校对：谭玉先
封面设计：孙康 梦凡
版式设计：陈酌
出版发行：河南美术出版社　电话：0371-65727637
地　　址：金水东路 39 号　邮编：450000
印　　刷：郑州印之星印务有限公司
开　　本：890mm × 1240mm　1/32
印　　张：9.5
字　　数：156 千字
版　　次：2018 年 12 月第 1 版
印　　次：2019 年 3 月第 1 次印刷
书　　号：ISBN 978-7-5401-4484-5
定　　价：49.00 元

我希望你过一种感到骄傲的生活 \
要是你发现你过得不好 \ 我希望你有力量 \ 重新再活一次 \

两个人和全世界

从雨林迷雾到千岛落日

贝贝·悄悄
著

贝贝
2019.4

悄悄
2019.4.

河南美术出版社
·郑州·

CHINA
中国
LAOS
老挝
BURMA
缅甸
THAILAND
泰国
CAMBODIA
柬埔寨
SOUTH CHINA SEA
中国南海
塔曼尼加拉
1
TAMAN NEGARA
2
Kuala Lumpur
吉隆坡
马来西亚
MALAYSIA
4
Malaka
马六甲
SUMATRA
苏门答腊岛
INDONESIA
印度尼西亚
雅加
INDIAN OCEAN
印度洋

贝贝、悄悄历险记
飞行地图
PACIFIC
太平洋
OCEAN
里曼丹
NTAN
巴厘岛
5
Bali

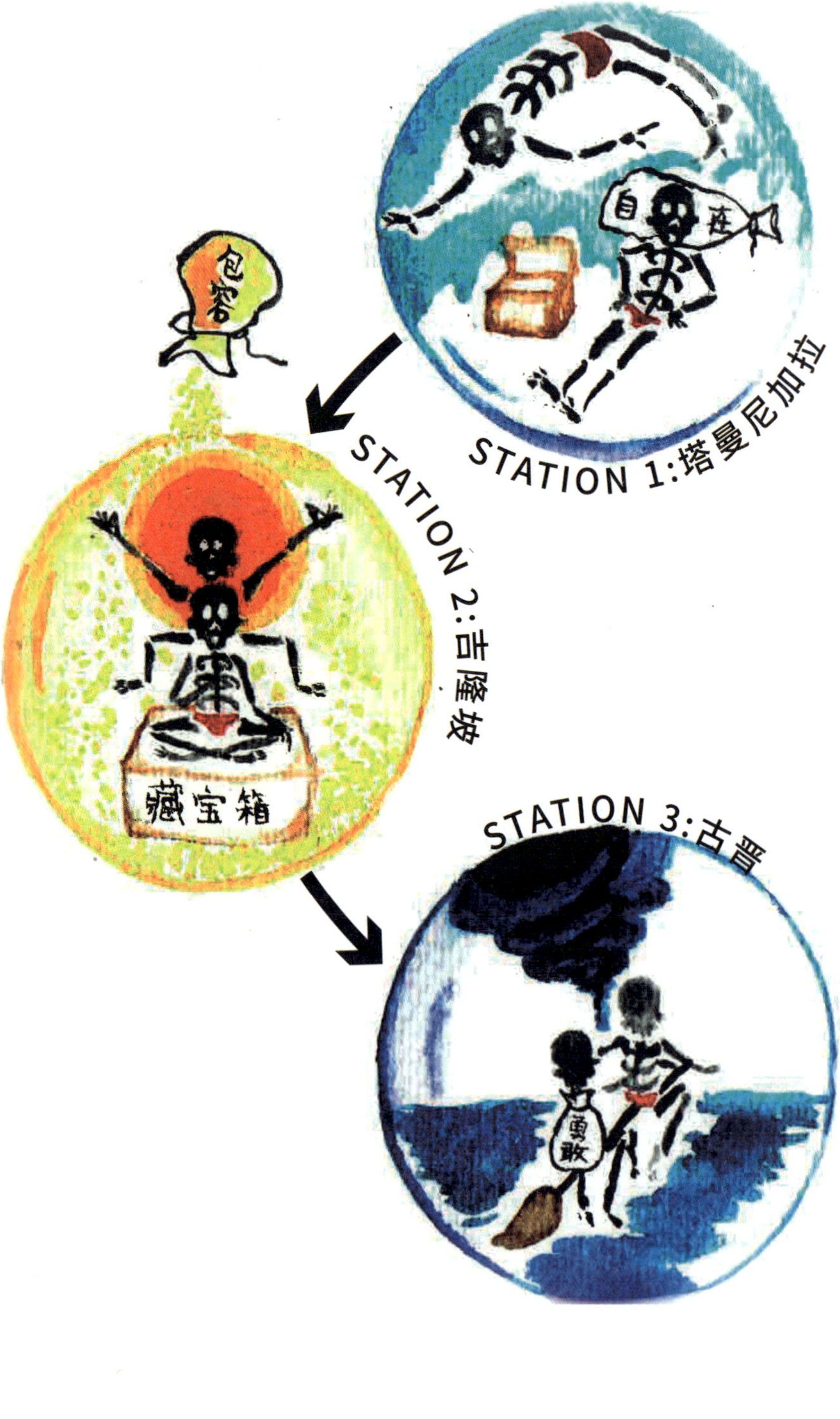
包容
自在
STATION 1:塔曼尼加拉
STATION 2:吉隆坡
藏宝箱
STATION 3:古晋
勇敢

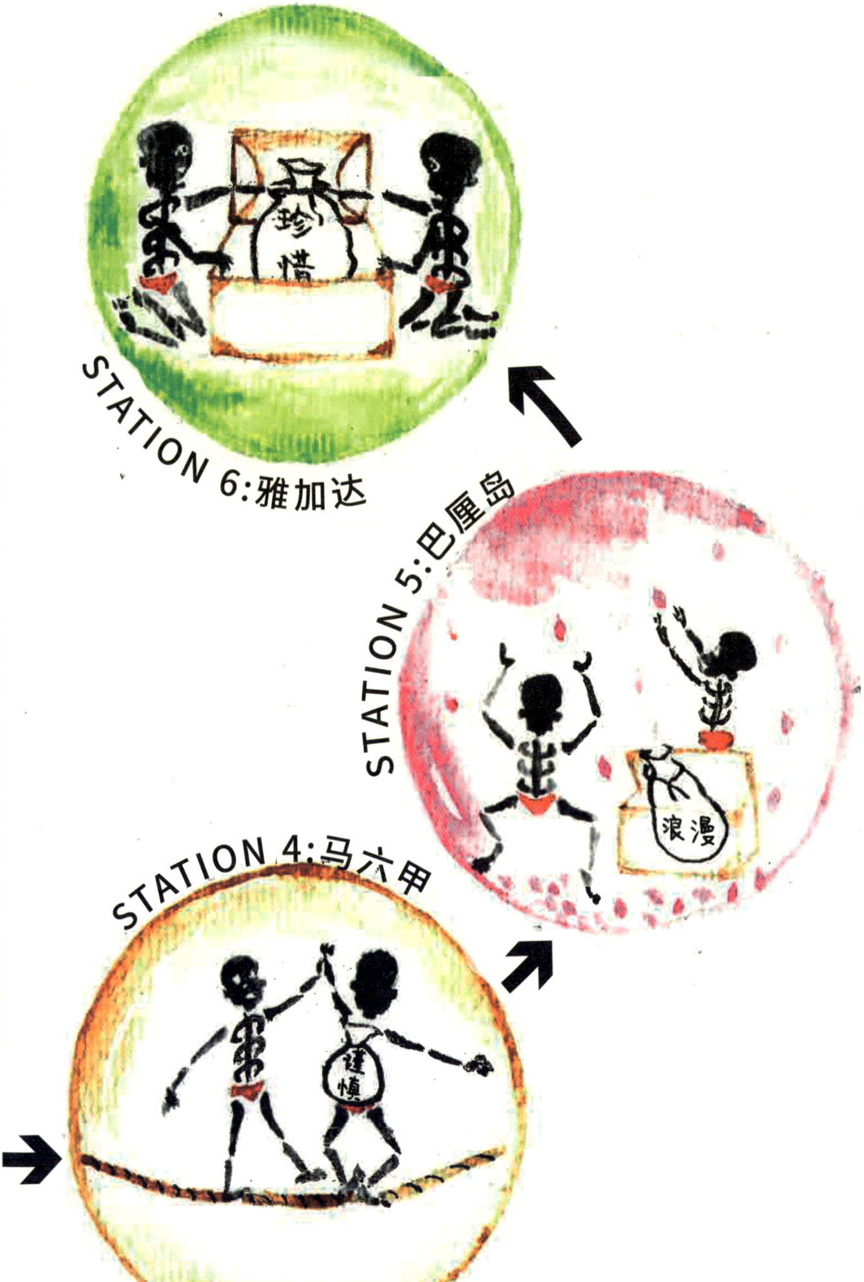
STATION 4:马六甲
谨慎
STATION 5:巴厘岛
浪漫
STATION 6:雅加达
珍惜

“贝贝，你知道吗？香奈儿和毕加索是好朋友，所以我希望你优秀，这样说明我优秀；我希望我优秀，这样说明你优秀。共勉吧。”

有一天悄悄这样对我说。

是啊，生而为人，如果能有一个优秀的朋友相伴左右，真是一件幸福的事情。

更幸福的是，我们有这样一群超级优秀的朋友。他们散布在世界的多个角落，却都不约而同地热爱着生活。对于我们来说，他们亦师亦友，有些甚至从未见过面，却都对我和悄悄的人生产生了至关重要的影响。

追梦的路上，我们从未孤单，因为他们一直都在。

共勉吧，朋友们，希望我们都会更加优秀。

——贝贝，写于序言之前

CONTENCE

序

PART 3

陌生人实验

PART 4

多好啊，我不光遇见了世界，还遇见了你

序　一

连美恩（中国台湾）

出生于沙特阿拉伯，成长于中国台湾；

《我，睡了，81个人的沙发》作者；

此书成为2011年台北国际书展最大赢家，马英九为其亲授颁奖词。

迷惘，不是24岁的专享

这是一本关于两个24岁的女孩贝贝和悄悄的旅程，以及她们生命的故事。有趣的是，我今年34岁，刚好比贝贝、悄悄大十岁。而十年前，刚满24岁的我，选择在一个懵懂的冬天，拎着七公斤的背包独自踏上欧洲大陆，一去14个月。看完贝贝、悄悄的故事，心里涌现的是一种复杂的情绪，复杂的原因是，你仿佛看到过去的自己，正在和现在的自己对话。

从贝贝与悄悄的身上，我看到的是一种对真实自我的坦然无惧，也看到自我鼓励、自我接纳与自我挑战等美好的人格特质。书中有很多让我印象深刻的部分，例如贝贝独自跑到台湾自助旅行，看着垦丁的大海跟自己说："你真厉害，可以独自一人来到这里。"还有在四川大雷雨中心情沮丧的贝贝跟自己说："认清了自己其实不够坚强也不够优秀的事实，心里头反而平静了下来。"但最惊艳的，是当她们两个在马来西亚的热带雨林中旅行，而吉普车里的座位不够时，贝贝答应和导游一起坐在车顶上的理由居然是：因为她知道自己恐高，所以她必须爬到高处去，才能告诉自己可以不用怕。

我也从贝贝、悄悄的文字中发现，时代真的在改变。书里有一个故事，是她们在巴厘岛认识了新朋友，对方要骑摩托车带她们出去玩，贝贝的第一句话居然是："不好意思，我知道这样很不礼貌，但是可不可以把你的护照先给我看一下？"后来，在舞厅里玩得晚了，贝贝想回家，对方却开始动手动脚，还说喝了酒无法骑车，没想到贝贝冷静地说："那我自己回。"实在帅气啊！我忍不住反问自己，这若发生在我身上，我会怎么做？若是34岁的我，绝对是笑笑后自己搭出租车回家，但若是24岁的我，坦白说还真不知道。这两个女孩很勇敢，脑子也很清楚。我特别喜欢她们在书中说的一句话:“不贪小便宜,是我们学会自我保护、远离无法预估的危险的第一步。”

有趣的是，这两个年轻姑娘居然在书中提到“迷茫这种事，从来都不是24岁人的专享”。这句话让我忍不住想微笑，也忍不住想苦笑，怎么人家就领悟得这么早呢？回想我24岁的时候，非常迷惘啊，而且完全不想接受，也无法忍受自己的迷惘，当时的我总想着，我必须把答案找出来，因为我认为只要找到答案，我就永远不会迷惘了。后来的我还真的找到“我当时需要的答案”，但没过几年，我的生命又出现新的问题、新的迷惘，我也被迫要寻找“新的答案”。

我花了很多年才明白，生命的特别之处，就在于我们会随着时间不断成长，不断改变，不断面临新的环境与挑战，而这样的过程，就叫作人生。华人文化有许多美好的特质，但我们却不太鼓励一个生命中非常重要的能力，那个能力叫作“勇气”。勇气不是电影里的飙车、嗑药、滥交和只要我喜欢有什么不可以，勇气是愿意正视自己的软弱和渴望，愿意去努力做一件辛苦但有意义的事情，是愿意为自己的生命负责。就像贝贝、悄悄书里反复提到的那句话：“我希望你过一种感到骄傲的生活，要是你发现你过得不好，我希望你有力量，重新再活一次。”

最后，我想跟贝贝、悄悄说，你们两个真的很可爱，但我觉得最可爱的是你们的友情，以及你们在书末为彼此献上的祝福。人生最美妙的，莫过于站在通往自我探索的路上，但更美妙的，是在此艰难的过程中，有挚友陪同。

序 二

超 CHAO

青年发声者 / 导演，*GLMPSE* 魔眼创始人，

原创纪录短片《黑象》《边旅行边拯救世界》曾刷爆网络，

受到央视报道。

真巧，2017 年，在贝贝、悄悄进行自己 24 岁旅行的时候，我发布了我的第一部纪录片《黑象》，开始了我边旅行边改变世界的梦想。改变世界其实一点也不复杂，它就从改变自己、影响身边人开始。前路渺渺，希望我们可以并肩前行，彼此鼓励，用微笑去改变这个世界。而我希望，你们也能从这两位娇小女孩的书中，找到那个让你微笑的力量。

序　三

杨菈童

与我们同龄;

集旅行探险家、独立文化设计师、环球超级买手、极限运动爱好者和旅行创业青年等众多头衔于一身;

23 岁创造"自由公路"品牌，驾着自己改造的房车，成功实现冬季反季穿越欧亚大陆，成为了世界上最年轻的极寒洲际穿越车手。

旅行的境界大概分三个层次：看风景，悟人生，找自己。我也曾想和兄弟来一场潇洒倜傥的浪迹天涯，可我没有志同道合的兄弟。所以选择独自出发，开着我的改装面包车，穿越了大半个地球。在我旅行将要暂告一段落的时候，我遇见了悄悄和贝贝，她们好像在帮我圆另外一个梦……在所谓自由的道路上，行走了这么久，我们常常会远程连个线，聊聊这其中收获的人生感悟。我们未曾见过面，但惺惺相惜，以为知己。贝贝说，让我给大家分享一点什么，我想了很久，大概就是以下这两点吧：

1. 别学着当别人眼里的“成功的人”，没意思，你这辈子可能都没赢了自己。

2. 当你有一天真的走了很远很远的路，并走得很辛苦，经历了很多，你才明白红尘永远无法看破，它永远在人生前方未知的方向……

如果你们没有办法完全理解以上我说的那些话，去看贝贝、悄悄的书吧，从今往后，有话掏心窝子说，有酒直接干，有远方就脚踏实地地走起来，最后再回到原地，安静地活着。

贝贝、悄悄，前路还长，让我们一起加油。

序　四

罗导谦

澳门思萌会主席，澳门创展会副主席，英国国家企业教育家奖获主（2009）。

“千里之行，始于足下”。这句古老的谚语告诉我们最漫长、最棘手、最艰难的任务总是会有一个开端。如果从未开始，一切都不会发生。每一天，我们都会遇见无数个陌生人，而每一个与我们擦肩而过的陌生人都有自己的生活与故事。可是，我们很少想要去了解他们，很少想要去建立与陌生人之间的链接。贝贝和悄悄旅行中所做的项目通过一种温暖而甜蜜的方式主动迈出第一步，去了解熟悉又陌生的人。这个看似简单的举动，像一层层涟漪去抵达每个个体的内心，去发展一段长久的友谊，去产生一种积极的作用。这本书讲述了中国的年轻人在许多国家把握主动性，去敞开心扉，与世界交友。本书将会向你展示一种天真、纯净、美妙的真实生活。

序　五

陈政宏（中国台湾）

成功大学博物馆馆长

我记得当初接到文悄悄的实习申请文件时，我与馆员们都觉得很兴奋、相当期待，因为她是成功大学博物馆第一位来自中国大陆的实习生。悄悄来了之后，很快与馆员们熟稔起来，相处愉快，也在研究员的指导下顺利完成实习的工作，并协助了本馆业务。

由于博物馆建筑本身是古迹，也是从前许多学生毕业合影之处，颇具纪念意义。近年博物馆前方的广场修建完成后，更陆续有学生来办各种活动，越来越热闹。甚且，不只一位已离职的馆员在结婚前还特地回来拍摄婚纱照片，馆史与个人生命史交缠前进。最近，听说悄悄将要出书，还是纪念与本馆高度相关的个人故事与生命旅程。我感到相当荣幸，成大博物馆曾在悄悄的人生路上扮演过一块特别的里程碑。

泥上偶然留指爪，鸿飞那复计东西。祝福书中的主角们，让旅行、文化、博物馆继续丰富你们的人生。

序　六

周宏澔

青年诗人，独立青年导演，网易音乐人，独立摄影师，
平常我们总爱开玩笑称1995年出生的他为小弟弟，
后来他为我们各自创作了一首诗。

梦境落日

——致贝贝

时间的纹理
跌进了河流的浪花里
成长的岸口
涌进潮水中

风声解开了速度的手铐
径直地割开黄昏的喉咙

将你碧绿的呼吸

滴入梦中

表达是通行发售的火药

于是我们生产记忆

去消灭遗忘

把一切踌躇的爱慕

倒映在思考中

可词语

堵住了一切悬挂的河流

时间的高潮

被记忆打印了出来

一天的光阴

随着纯白的降落

消失在落日中

我只是终将一无所有

醒来后噩梦已无影无踪

迷雾星辰

——致悄悄

夜色穿越了空旷的回音
将记忆折叠成深蓝的角度
嘹亮地反射着你的目光
而你的目光
都为了护送泪水而集结
我将要溶解在那些星辰里
光明是你的语言
流星是你的邮差
于是夜空便成了你的信箱
我将要隐去在那些雾影中
柔软是你的缰绳
神秘是你的马车
于是前方奔涌着你的馈赠
这一生我都举着星光
站在雾影笼罩的土地上
收割憧憬

序　七

Anna&Willem（西班牙＆荷兰）

来自西班牙的 *Anna* 与来自荷兰的 *Willem* 旅行家夫妇，

曾用 17 个月搭便车 3 万公里周游亚洲，

我们曾经的沙发客（在四川），以及后来我们的沙发主（在荷兰）。

如果你在考虑追寻你的梦想，改变你的生活，却又心存怀疑，不要紧张，这很正常。人们会告诉你很多："你年纪太大了！""你太年轻了！""你太疯狂了！""你太没有责任感了！"或者"这个世界太危险了！"那些人会告诉你们所有的不利因素，却从不会聚焦一点点有利因素。而我们想说的是："勇于追梦。"在追梦的路上很可能会出很多岔子，但都不代表你失败了。勇于尝试，最为重要。

我们的旅途从不平坦，也从未完美。有时很难契合文化差异，克服语言障碍，甚至气候与食物也会成为困扰；有时仅仅行走在嘈杂而拥挤的大都会就会让我们感到筋疲力竭甚至崩溃；有时为了等一辆便车，我们会在公路上行走三小时，甚至不知当晚何处是归宿；有时思念我们在荷兰家中舒适的床，思念一年不见的家人、朋友。然而旅行中，也有那么多的美好瞬间能够与这些抵消，那些没有杀死你的使你更加强大。我们并不是说每个人都应梦想环游世界，因为你能梦想一切：买一片土地，种上阿月浑子树；亲手建一个民宿；去看向日葵花地；带着外婆去充满海浪仙人掌与老船长的海滩；修一所自己的房子，等面朝大海，春暖花开；成为一个音乐家；从一座城市迁徙到另一座城市；学萨尔萨舞……任何事！

不要被他人的恐惧与质疑所困惑，也不要到风华老去用尽最后一口气叹息："要是我年轻时做了那件事该有多好。"

你敢于追梦吗？

序　八

林宗谚（中国台湾）

悄悄人生中第一位沙发主，

25 岁那年，他做了一个决定，放弃曾经的专业，

去李安曾经学习过的地方，去做自己热爱的事。

关于旅行，我想着我人生到目前的旅途。

此时此刻，我正坐在纽约中国城里的一个小房间里，试着想起我是怎么从台湾一个什么都不懂、升学主义下对自己人生要追求什么都不知道的中学生，成了电机系学生，然后毕业后与朋友做了一个设计教育非营利组织，现在到了李安也曾在的纽约大学电影研究所就读，希望未来成为一个用电影说话的人。

这回头一想真是奇怪的一条路，当年在教室啃书的我，是无法想象原来可以有这么多不同且有趣的事能做，原来不走那些“主流职业/科系”，人类的世界还有太多可以定义自己的职业能做(或

是自己创造一个），有太多的“原来如此”存在于我们原本的生活范围之外。

直到现在，我心里一直相信的一件事：

那些美好的收获总不是来自早已经知道答案的选项，而是在那些让我们担心害怕并需要一点勇气去下决定的未知之中。我会一直提醒自己去选择后者。

对我来说，旅行就是在实践这样的理念，这就是旅行的定义。

序 九

孙亦敏

美食家，

生于1949年，一生将自己对厨艺的热爱做到了极致，曾是美国西海岸著名中餐厅鹿鼎记美食集团主人，美国中餐协会理事，美国味全公司顾问，如今定居成都，创立了“孙阿姨的移动美食厨房”，我们都爱叫她孙阿姨。

去年的冬天，悄悄与贝贝来到了我的厨房，我们一边吃着火锅，一边聊着她们24岁那年的旅行。而那些令我惊喜的故事，如今就在你手中捧的这本书里了。世界很大，也很小，悄悄与贝贝为我们敲开了其中一角，我推荐想要出门探索世界的朋友们，请先阅读这本书《两个人和全世界》，其中小到生活中的自我保护，大到胸怀天下的悲悯与敬畏，一路各种异国风味的美食，其所蕴含的饮食文化与气候、物产之间的关联，都是值得大家去品尝和体会的。所谓见多识广之外，这才是行万里路胜读万卷书的深意。

序　十

Diego（阿根廷）

阿根廷画家。与作家妻子 *Anna* 一起，骑着双人自行车，带着路上出生的一双儿女，旅行 8 年，途经 40 多个国家。

两个充满热情的梦想家，他们的爱和梦想把旅行变成了生活方式，并且是一种充满了爱和梦想的生活方式。

当一个人走出围城，远离家乡，现实开始模糊在光影之中。那些曾存念于真实世界中的“真理”，现在只剩下对比与质疑。从某种意义上讲，我们还有再次回家的机会，把回家之前的旅途当成一场虚无华丽的梦。于我们而言，我们再也没有回头路了，我们变成了游牧民族，在路上组建家庭，在路上生活。再无固定居所，再无安逸享乐之地，只有一缕风，一缕将你沉浸在“当下”的清风，让你逐渐明了世事无常，逐渐品味生命之美。

序　十一

Alexander Serrano Amor（德 / 西）

定居葡萄牙的德国、西班牙混血艺术家，
我们曾经的沙发主，
如今是我们的艺术顾问。

贝贝和悄悄的旅行是一场充满诗意的冒险，她们浪漫、开朗、富有创意，时刻保持着开放的心态。她们的旅行课题对这个社会来说有着至关重要的意义，因为我们生活在一个几乎没有了真实人文情感连接的社会，而贝贝、悄悄正在融化手机文化下的这块如冰的分裂性与距离感。她们用她们的艺术项目将我们再次连接起来，让我们重新感受到人与人之间的关怀。我们从来不是一座孤岛，我们都值得被拥抱。很有幸能与两位相识，且并肩同行，继续探索这个世界。

序　十二

猫叔 毛作东

《猫叔的美食情感故事》作者

我曾被人问过一个比较尴尬的问题：“你除了现在的琐事，还有什么？”我不禁细想，除了工作、除了学习、除了自己的感受，还有什么？除了家人和工作关系认识的人，还有几个人私信你？

我和贝贝、悄悄是2018年认识的，在他们的第二段旅行之前，我们素不相识，却聊了很久，因为我们都在努力去寻找自己、探索自己。庆幸的是，后来我找到了，我喜欢吃，吃有温度的食物，记录有温度的故事，温暖更多人。于是，由味蕾出发，我开启了另外一个自己。你们呢，如果你还在寻找的话，或许你们可以来看看贝贝、悄悄的书，我想你会从他们的书中找到答案。

序　十三

华旦南加

国家非物质文化遗产唐卡艺术传承人

我是一位热爱唐卡艺术的藏族绘画人。2017年，悄悄来香格里拉找我学习唐卡，期间畅谈佛理、艺术。她笔下的唐卡拥有独特的生命色彩，丰富的想象力让我印象深刻。我想如果我们下定决心去专心做一件事，命运总不会辜负我们。在为悄悄、贝贝新书出版开心的同时，我也将为了研究和传承唐卡文化而继续努力。

十七岁那年，我开始了唐卡学习生涯，一眨眼又一个十七年过去了，我放弃了其他的事业，选择将唐卡当作我一生不变的坚守。唐卡让我的生活永远充满了希望和快乐，它是一个民族的文化精髓，也是属于全世界的艺术瑰宝，它也需要更多像悄悄这样的年轻人，一起来发扬和传承。

序　十四

郭美芳（中国台湾）

成功大学博物馆副研究员

在春天、阳光灿烂的日子里，遇见了腼腆地挂着微笑、来自澳门旅游学院的实习生——文悄悄，在成大博物馆相处的数月里，她时而安静、专心、认真地做事，时而开心雀跃。她令人开心又能放心与安心。结束实习的日子后，她匆忙地前往日本了。她不是才匆匆地从澳门来到台湾、来到台南的成大吗？

“脸书”是她离开成大博物馆后，一缕淡淡的牵挂、淡淡的思念的连结点，偶尔跳出的讯息，常出乎我的想象，令我老迈的心惊艳又惊奇。未曾预想刚踏出校门随即踏上追寻、探访未知世界的壮举，去增广人生阅历、去体验广大的世界与环境，敞开心胸与陌生的人群对话，去宣扬理念。这样的勇气与壮志，是我年轻岁月中不曾有过的奢望。

今日捧着她的新书，翻阅中却惊讶于这个小小的躯体，竟然存在如此巨大的能量，探讨着尖端的社会议题，自我内心深刻审思。令人怀疑这小脑袋瓜是谁赋予了这样神秘的力量？更令人不可思议的是，与悄悄共同勇敢去经历世界、共同创作的贝贝，两人竟在成大博物馆相遇、相识而相知，共同谱出了这段神奇之旅。成大博物馆跃然成为促成这份著作的萌芽地，这样的缘分，让成大博物馆显得无比的突出。

看着这本惊奇的著作，她们不断地自我磨炼着，努力前行，坚持突破，又不甘囿于现状，继续努力挑战，再度突破。短短的时间、精彩的阅历，这样的青春岁月，满怀的成果，令人钦羡。振笔疾书中，想望着的——若我再年轻，也期望能有着这样的勇气，突破心中的懦弱与围墙，来趟神奇的旅程。

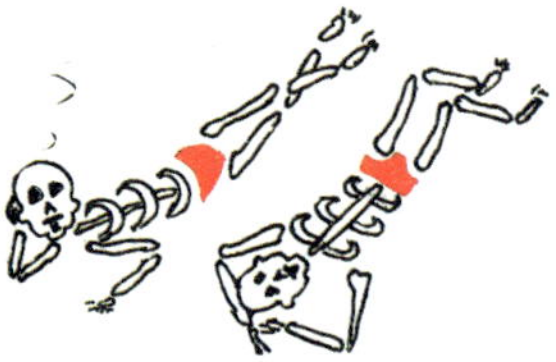

这趟旅行为悄悄的绘画创作带来了源源不断的灵感。现实世界中疯狂的旅行变成了一幅幅充满想象的插画。在她创造的魔幻世界里，贝贝与悄悄继续并肩闯荡，追寻梦想。不时出现的穿着红内裤的骷髅精灵，则是悄悄为当时正是本命年的她们特意创作的形象，寓意着即使危险重重，她们也能互相陪伴，潇洒闯荡，直到老去。生命不息，冒险不止。

PS：书中摄影 / 贝贝，书中插画 / 悄悄

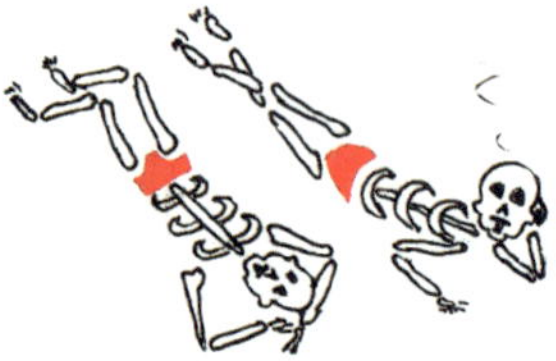

PART 1

自白——写于一切发生之前

1.1 我是贝贝

从那个时候起，我开始意识到人是要有梦想的，人也是要有胸怀的。

我是一个普通人。

普通到20多岁没有出过远门。传统的家庭，勤勤恳恳读书的青春，和大部分人一模一样。

我还是个急性子。

如果想做什么，就会像脱缰的野马一样，拉都拉不回来。

我也是一个较真儿的人。

大二那年，疲惫于社团华而不实的各类活动，退了社团，自己带着一群热心的同学跑去西藏的贫困山区支援。刚开始，学校是很担心的，因为那个时候“藏独”闹得蛮厉害，高原反应什么的也被大家口口相传得挺吓人的。可我还是去了，自己去跑赞助，自己去搞募捐，自己去招募小伙伴，自己想办法把大大小小的物资拉去了西藏。

我至今记得，西藏的天很蓝，西藏的汉子很豪爽，学校的孩子给我的头发上别上小黄花，还送了我一条洁白的哈达。

从那个时候起，我开始意识到，人是要有梦想的，人也是要有胸怀的。当你不拘泥于眼前的蝇头小利，真的想认真为这个世界做点什么的时候，你总有办法成功。

而你只要认真起来，只要勇敢起来，真的没什么好怕的。

后来我大三，不知哪里来的勇气，突然决定背着一个大包一个人跑去台湾环岛。

我笑嘻嘻地骗爸妈说，我要和学院的老师一起去台湾参加比赛，然后带着自己打工挣的一点点钱出发了，走上飞机的时候，我的内心是紧张却又兴奋的，因为那算是我人生中第一次真正意义上的旅行，一个人。

有很多事情，总有第一次，而这些第一次，你注定要独自挑战。

很庆幸，路痴得晕头转向，连攻略都没有做的我，一路上收获了很多的善意。我大咧咧地和陌生人搭讪，当沙发客，还拉着刚认识的沙发主男孩陪我去柯景腾和沈佳怡走过的铁轨上放孔明灯。

那个时候直播不流行，诗与远方也不流行， 那个时候，旅行就只是旅行而已，没有人打扰，简单又天真。我安安静静地走路、拍照，坐在垦丁的海边，听风的声音、水的声音和自己内心的声音。我对自己说，你真厉害，可以独自一人来到这里。

我知道，和别人比起来，那根本不算什么。可是对我来说，那是我人生的一个转折。因为从那以后，我的自我意识开始觉醒。我开始不满足于现状，开始学会自己走出困境，开始明白，这个世界很大，而我太渺小，渺小到所有的坎坷、所有的痛苦都不值一提。

我至今还记得我那时写在孔明灯上的愿望：我一定要幸福。

可幸福到底是什么样子呢？ 我不知道。

后来我毕业了，工作了，按部就班、恍恍惚惚，三年挥挥手，就这样过去了。

我幸福吗？我问自己。我是谁？我在做什么？我为什么要做这件事？

我还勇敢吗？我还想认真做点什么吗？

我不知道。

世界那么大，而我那样渺小。我总觉得自己还有很多想要认真去做的事情，却一直不知道是什么，所以我一直在寻找。

我一直没有找到，直到我重新遇见悄悄。

夕阳下，贝贝，巴厘岛

每一场与恶魔的战斗之后

总有蝴蝶翩跹

繁花盛开

没什么能阻挡我热爱这个世界

月经中的女人·贝贝

1.2 我是悄悄

" Get the hell of my world, fu*k the hell of your rules!"

（请带着你们所谓的规则滚出我的世界！）

在上大学之前，我的人生轨迹其实和贝贝差不多。不外乎读书、读书、认真读书。

18 岁那年，我离开了四川，去了澳门上学，后来还申请到去台湾实习的机会，并且交换去了泰国和日本。我曾以为大学要像高中一样，争分夺秒地看书学习。可后来我发现，自己的狭隘和对这个世界的无知是书本所不能改变的，我应该去接触这个世界，亲自感受它的温度。

可留学生活中无处不在的文化差异和认知差异让我感到迷茫。当我们从一个自己熟悉的社会，走入另一个社会，那里被大多数人所认可的观点可能与我成长过程中一直被告知的观点完全相反。我常常感觉自己无法彻底融入那里，当面对观点的差异的时候，我不知道该怎样回答那些迎面而来的质疑。人在一种环境中待太久，会因为习惯而变得麻木，忘记思考，丧失判断的能力。在某一个时间段里，我对自己的身份产生了严重的怀疑，我着急地想要了解自己女性的身份、中国人的身份，甚至地球人的身份、人的身份。

我焦急地需要知道我是谁。

于是，我带着这样急迫的需求上路了，在大学期间去了尽可能多的国家与地区。

庆幸的是，因为这段旅行生涯，我的世界被彻底打开，同时也成为我后来做的很多事情的一个力量基础。

毕业以后，我带着“艺术无国界，行者无疆”的口号，亲手设计和修建了一所奇异的房子，把我想象中的世界全都装了进去。我想装进去艺术，装进去和平，还有爱。装修的时候，曾经旅行认识的全世界的朋友都飞过来给我当志愿者。真是印证了那句话：“当你全力以赴想要做成一件事情的时候，全世界都会帮你。”后来这所房子成了一所民宿，成了我对全世界开放的地方。也就是这里，成了我和贝贝旅行的起点。

然而，在民宿待了一年之后，我突然发现这并不是我想要的生活。我知道曾经有很多人羡慕我，因为我不用朝九晚五地上班，可以看书画画，喝酒聊天，甚至不用出门。可事实上，短暂的幸福感消散之后，一切都变得不新鲜了，在潮湿的家乡，我觉得自己就像一个被房子困住的发霉的蘑菇。

我很害怕就这样发霉下去，害怕这所房子会阻挡我的脚步。于是，我打算再次启程：去远方，听自己的心跳。于是，有了“贝贝悄悄历险记”，有了这本书，也有了自己对更广阔生命的追寻。

我犹如沉浸在一首诗中
如鱼得水
这大概是
这世界上
最美妙的体验

月经中的女人·悄悄

沉浸在大自然中，悄悄

1.3 相逢的人会再相逢

“一切相逢都是命中注定。”

一切就像命中注定一样，相逢的人会再相逢。

和悄悄初次相遇是缘分，再次相逢，便是我的幸运。

就是我突然决定去台湾环岛的那一年，她恰好也在台湾的成功大学博物馆实习。

遇见她的时候，我在博物馆外面的广场上孤独地想要找人帮我拍照，而她正从博物馆里面推门出来。

那个时候，成功大学的榕树绿意葱茏，枝条摇曳，广场上除了不时刮过的风，就只有我和她。她热情地邀请我一起吃了午饭，我们互相加了微信，一起拍了一张合照，然后道别离开。

现在想想，我和悄悄相遇的场景，怎么看都应该是偶像剧里甜蜜浪漫的桥段。

只是很可惜，当时从门里面推门出来的，不是什么玉树临风的大帅哥，只是一个身高都没我高，瘦得跟猴儿似的四川辣妹。

几年之后，我们听说当时我们在成功大学合照的那棵榕树被雷劈了。

我们俩笑得直不起身来。

真是孽缘啊！

后来呢，我们各自奔波在自己的人生轨迹里，再也没有联系过。我们曾说，有机会一起旅行吧。可生命就像两条不可能相交的平行线一样，晃晃悠悠地过了三年。

“有机会一起旅行吧。”

我想很多人应该都曾经和另一个人说过这样的话。

然后我们等啊等啊，等到自己被生活磨灭了激情，等到彼此彻底失去交集，等到最后都没有等到这样一个机会。

三年后，一个偶然的朋友圈动态，让我和悄悄重新取得联系。

后来的某一天，悄悄对我说：“贝贝，我打算去旅行了，我想去看看火山和海。”

我想了一整晚，第二天对她说：“你等我，我和你一起去。”

一个人旅行会发疯，两个人会疯狂。当我和悄悄一起旅行的时候，我常常想起歌德的那句话：“上帝只给你造了一个人形，只不过是体面其表，流氓其质。”

而我们就是这样两个流氓女孩，天性自由散漫，还喜欢异想天开。

为了节约钱，我们常常选择走路，常常一份饭两个人分着吃。

有的时候，我们走着走着就找个地方坐下来，唱歌聊天，仿佛有聊不完的话题。

辞职的事情，我一直瞒着爷爷奶奶，因为我怕身体不好的他们会受到惊吓，但我选择了和父母坦白。爸爸从小到大没有对我发过脾气，唯有那一次，可是那个时候，我已经离开了原先工作的城市，去了四川和悄悄会合。

我没有觉得我曾经的工作不好，但是也没有觉得很满足。或许是我不懂得珍惜，又或许这根本不是我想要的。可我究竟想要做什么呢？我究竟喜欢什么样的生活呢？24 岁，虽然听过太多的大道理，可其实我还什么都不懂。

那些大道理，该听还是不该听呢？

所以与其原地等待，不如主动去找答案吧。

毕竟 24 岁，又有什么可失去的呢？

朋友们听到了我辞职的事情之后，都来鼓励我，关心我。我知道，对于他们来说，我做了一件很酷的事情，至少从表面看来。

可是我想坦诚，这真的不能算是一件很酷的事情，因为生活是自己的。当一个从小生活在保护伞里的人，突然失去了一切保障，突然需要独自一个人赤裸裸地面对未知的一切的时候，那种压力，会压抑得让人近乎绝望。

尤其是当父母每天给我打电话，要我报平安的时候；尤其是当我发现一切越来越不在自己掌控中的时候。我承认，我像一株温室的花朵，感到了前所未有的恐惧。

那段时间，四川的夏天常常电闪雷鸣，我佯装一切尽在掌控之中地和父母打完电话，然后把自己关在阳台上放声大哭。

就着铺天盖地的暴雨雷鸣，没人能听见我的号啕。

从那个时候开始，我终于知道，这就是真实的世界、真实的生活，你需要自己想清楚一切，自己解决一切。

就那么很㞞地哭了几天之后，我认清了自己其实不够坚强也不够优秀的事实，心里头反而平静了下来。24 岁，心比天高的年纪，认清自我，认清自己的局限，是一件多么残忍却又重要的事情。

旅行还没有开始，但是我，已经在悄无声息地变化了。

电闪雷鸣的那几个夜晚，击垮了我愚昧的自信，却又让我建立起了更加青春的勇敢。反正已经几乎丢掉了一切，还有什么可怕的呢？置之死地而后生吧！我对自己说。年轻的乐观主义便又涌上心头。

没给自己退路，也没有向任何人求助，我就这么赤裸裸地和自己面对面，和悄悄一起踏上了这趟旅程。

我很庆幸我当初做了这个决定，也很庆幸，现实给了我一记又一记重锤之后，我依然走了下来。

我更庆幸，这一路，悄悄始终在我身边。

年轻的勇气，年轻的迷茫，年轻的无知，需要一段旅行，去锤炼，去揭露，去粉碎。

最后随着时光与旅程沉淀下来的，将不再是从前的我们。

酷是一种成熟的勇敢，是一种发自内心的自信、自我；它不是一张照片，一身衣服，一个决定那么简单。

我们还没有做到，但我们知道，我们终将做到。

成为一个很酷的人，过好自己的人生。

爱情是两个人就是世界

友情则是两个人和全世界

——泰戈尔

PART

2

你好，我们的二十四岁

2.1 走出围城

“我希望你过一种感到骄傲的生活，要是你发现你过得不好，我希望你有力量，重新再活一次。”

2017 年 7 月 26 日凌晨，我和悄悄坐在红彤彤的亚航飞机里。

我透过窗户往下看，什么都看不见了，我出生的城市，我工作的城市，惦记我的人，伤害我的人，支撑我的人，质疑我的人。

那些都是我从前赖以生存的围城。

我今年 24 岁，本命年。我感觉自己还很年轻，却也感觉到自己在加速衰老。围城的生活一日一日重复着，我站在 24 岁这个时间点上仿佛能一眼看到自己与他人雷同的未来。

为什么围城里的人总想出去，围城外的人却要进来呢？

围城外究竟还有什么？

我每天都这样问自己，坐立不安。

我们的信，贝贝与悄悄

走出围城吧，我对自己说，走出围城去看看。我想看看，是不是所有人都在忙着买房买车、结婚生子，是不是所有人都过着一样的生活，是不是长辈们说的每一句话都是对的。

哪怕后来事实证明，前辈们说的话，真的大部分都是对的，我也要自己去和那些事实面对面，把自己所有的缺点、所有的脆弱、所有的不堪，大大方方地暴露出来，然后吃亏、受苦、成长。因为只有亲身感受到切肤之痛，我才能真正搞明白自己存在的意义，搞明白哪些值得珍惜、哪些应该舍弃。

最怕自己糊里糊涂，也怕自己执迷不悟。所以，我决定暂时放下一切，去寻找一种醒悟。

《本杰明·巴顿奇事》中有这样两句话：

> 你可以改变或保持现状，人生没有任何规矩。成为你想当的那种人，没有时间限制，随时都能开始。
>
> 我希望你过一种感到骄傲的生活，要是你发现你过得不好，我希望你有力量，重新再活一次。

我知道自己不够强大，但我想知道，我的力量极限在哪里，我希望自己能有力量，去选择自己的生活，而不是被生活选择。

所以带着这样一种迷茫，我们上路了。

这一年，我们 24 岁。

吧

面朝火山，贝贝

流浪街头，贝贝

仍然有人在这个世界的不同角落继续行走，而我们迷茫地走出去，终于带着稍许的“醒悟”回来了。回来之后，每天都会写字写到第二天天亮，当我合上电脑，看着外面的阳光一点一点射进来的时候，我会突然惊醒。

我的 24 岁，又失去了一天。

我们知道，我们的那点小事，根本不足为外人道。

但我仍想将这个货真价实的 24 岁记录下来，供后人当作一件并不新鲜的事情来翻阅。

或许他们会有所启发，也未可知呢。

远　行

贝贝和悄悄乘着荷叶，
飘在海浪上，轻轻翻开书，
书中的世界为我们打开，
不仅有星空，月亮女神也出现了，
她朝着我们吹了一口气，
把星星和星光都吹了下来，
我们就这样在她的光源中继续阅读，
乘风破浪。
他的深意是：
当我们看书和旅行时，
我们的新世界会打开，
新世界中的能量会滋养我们，
成为我们在现实世界中的光源，
指引我们走出围城。

图中短发为贝贝，长发为悄悄

2.2 You jump, i jump[1]

没有了铜墙铁壁的梦，是不是会更加的肆无忌惮一点呢？

抵达

2017 年 7 月 27 日凌晨 3 点，我迷迷糊糊地醒过来，红彤彤的亚航，红彤彤的亚航空姐，悄悄在我身边，整个人缩在椅子里陷入昏睡。

人瘦小就是好，多大的空间都能伸缩自如。

感觉好冷，可空姐很礼貌地说："不好意思，我们的毯子是租的。"

1 You jump, i jump: 你跳下去的话，我也跟你一起跳下去。

好吧，那我不要了。礼貌微笑，然后把悄悄拉来靠在我的肩上，两个人挤挤，只剩两个小时了，咬咬牙继续陷入了昏睡。

两个小时后，我们抵达了马来西亚吉隆坡机场。

机场太大，一晚上的颠簸导致我们两个人都有些不太清醒。上上下下走了好几趟，也没找到合适的公共交通，最后我们上了一辆黑车。

上车之前，悄悄说：“不好意思，我能拍一下你的车牌照吗？”

师傅很大方地说：“好，请拍。”

从机场去十七楼车站的旅途很远，我坐在后排，眼皮开始打架。在我快要睡着的前一秒，我看到一只丹顶鹤从城市的上空飞过。

上车的时候是早上5点，天还是黑的，开着开着就开进了马来西亚的清晨。到了十七楼车站后，我们和司机 Bollala 互相加了微信，然后拥抱再见。在那里我们买了大巴票前往 Jerantut(而连突)。

而连突是前往塔曼尼加拉的几个中转站中的第一个，是储备补给和兑换货币的好地方。如果没有带足够的现金，最好在这里把现金都取了，因为塔曼尼加拉没有银行。下了大巴，一个名叫 NKS 的旅行社工作人员在车站等我们，把我们拉去了他们的接待处。

从而连突出发，你可以先坐车到附近的 Kuala Tembeling（瓜拉淡比灵）码头，然后搭乘渡船沿着 Sungai Tembeling（淡美岭）河，前往 Kuala Tahan（瓜拉大汉），据说沿河的风景非常美。不过开往塔曼尼加拉的渡船只有每天早上 9 点和下午 2 点两班（周五加开一班船，下午 2 点 30 分发船），我们极有可能赶不上下午的那一趟船，而且船票相对来说也贵一点。所以我们在 NKS 买了汽车票，坐着他们的小巴前往瓜拉大汉。

住在帐篷里

到瓜拉大汉的时候已经是傍晚。在瓜拉大汉的小镇上，到处都是小旅馆、小旅行社，我们提前在网站上预订了一家名叫 Danz 的旅馆。一进旅馆接待处，就看到墙上写着我们的名字。在这里你不用担心不知道怎么玩，因为这里每一个旅馆的墙上都张贴着一模一样的旅行路线图，每一位旅馆工作人员都会很耐心地一遍一遍给你讲解。

大部分人选择的旅行路线大概就是，两天一晚的登山徒步睡岩洞，或者三天两晚。徒步之前可以去公园里的一些景点游玩，例如Canopy Walkway（雨林吊桥），那是马来西亚最长、也是最窄的悬索桥，静静地垂悬于塔曼尼加拉国家公园的树木之间。

和来自五湖四海的自然爱好者一起互帮互助爬山徒步，一起在岩洞里做饭睡觉看蝙蝠，一定是一件非常有趣的事情。不过，我和悄悄最终还是选择了不一样的路线，就是进入热带雨林深处，和 Asli 土著生活在一起。

在旅店办理完入住之后，旅行社工作人员开着他的小卡车，沿着崎岖蜿蜒的山路，带我们体验了一把真正的过山车。一路爬坡很多，我们几乎全程飞驰跳跃。我、悄悄还有来自荷兰的一家四口，在后面被颠得东倒西歪，却开心地像狗一样。

女生都觉得车技好的男人帅，在我心里，迄今为止还没有人可以超越这位老司机。

帐篷搭在一片树林里，一顶挨着一顶。帐篷的左边是吃饭的地方，一些客人坐在那里聊天喝茶，右边是浴室和洗手间，没有热水。洗澡的时候，壁虎在墙上跑来跑去，蜘蛛安安静静地坐在网上，等待着猎物自投罗网。

这里的树很高很大，夜色随着自然的规律悄无声息地降临，我和悄悄坐在帐篷外的树干上，一边出神地看着蚂蚁大军们在脚边跑来跑去不知疲倦地忙着什么，一边幻想着之后的旅程。

瓜拉大汉的小镇上，伸出手想要抓住阳光的女孩

夜幕下的野兽与丛林

瓜拉大汉有很多漂浮在水上的驳船餐馆，我和悄悄坐在一条船上吃晚餐，东南亚的奶茶总是那么甜，香蕉派味道还不错。淡美岭河里，当地人开着渡船载着客人们玩极速前进，英文叫Rapid Shooting。我们和荷兰一家人一起去参加Night Safari（夜间野生动物游览），这个体验活动，在入住的时候，和旅馆的工作人员报名就好。

因为小卡车后车的座位有限，导游问我们有没有人愿意和他一起坐在前排的车顶，我自告奋勇地爬了上去。

但是我恐高。

因为我知道我恐高，所以我必须爬到高处去，告诉自己可以不用怕。

卡车载着我们一车人，驶入了一片荒无人烟的山丘，往旁边一探头就是山谷，感觉好像随时会掉下去，不自觉地一抖。一直坐在我身边专心带领大家寻找野生动物的向导感觉到了，笑着对我说："Don't worry，you jump i jump."（不要担心，你跳下去的话，我也跟你一起跳下去。）

放眼望过去，山脉、荒野、荆棘、丛林，本应有些萧索和寂寥的风景，却在那样的情景下，突然变得有些浪漫。

我坐在卡车的车顶，在壮阔的山脉间驰骋，与野兽们并肩穿行在荒野里，呼呼的风清空了我的思绪，我来不及想任何事情。坐在我身边的，是一个叫作 Muzamil Rozaini 的当地小伙，热带的风和灼热的浪把他的皮肤打磨得黝黑，从小就在山林间摸爬滚打的他有着一身健壮的肌肉，还有一双极其明亮的眼睛。

一路上叫不出名字的动物很多，他一个灯打在远远的山上，居然真的有一只猴子，在黑夜里嗖嗖嗖地穿行。荷兰爸爸在我身后一直很耐心地给小儿子 Cas 讲各种动物的知识。寂静的夜幕下，听上去就像是温柔的睡前故事。

天上的星星很大很亮，我坐在车顶，似乎触手可及。

回到露营地的时候，我和 Muzamil 拥抱告别，然后对他说：

“下一次我会带我爱的人再来这里。”

他笑了，说：“那到时候我就把车顶的位置让给你们俩。”

那个时候，夜已经很深了，一个俄罗斯女孩在自己的帐篷里挂着一顶彩色的灯，从外面看来，格外的梦幻，仿佛真的进入了童话世界。

童年的时候，从未有机会听过童话故事，长大后，却真正地在夜里走进了童话世界。

帐篷外的虫鸣一声一声此起彼伏，却不觉得吵闹，我们和荷兰家庭隔着帐篷互相道了晚安，然后，我在悄悄渐渐均匀的呼吸声中慢慢进入梦乡。

没有了铜墙铁壁的梦，是不是会更加的肆无忌惮一点呢？

You jump, i jump

这是和你在一起

放纵的样子，

我们在书中放纵，

在书中沐浴，

书中的能量

流

动

了

起

来，

让

我

们

放

松，让我们在旅行的途中

了解一个地方的人文历史。

2.3 谁是真正可怜的人

悄悄，这一路上，你最想念谁？

Lupas.

嗯，我也是。

1

在塔曼尼加拉的第二天，我们与大家分开行动。当所有同行的游客都选择去爬山、睡岩洞的时候，只有我们两个人选择了去和当地土著 Asli 人一起生活。不管去到哪里，我和悄悄最感兴趣的，永远都是当地人。

在一种围城里生活了 24 年，生活的套路总是一成不变，所以真的是急切渴望去看看别人的生活到底是什么样子。看看他们怎么挣钱，怎么恋爱，怎么打发无聊的时光。

一大早，我们坐着当地导游的船，穿越一条河，来到了 Asli 人生活的一个村庄。

部落的孩子们

这个村庄与世隔绝，很少会有外人前往，保留着比较传统的生活方式。一下船，我们就看到一个女人还有几个小孩在河边洗东西，女人披着毯子一样的服装，胸前的乳房随意地露在外面，小孩们看到我们上岸就欢脱地跑远。不一会儿，远处走来一位老人迎接我们，他就是Lupas。在之后的两天里，我们和他一起生活。

Lupas 已经 60 多岁，但是看上去非常硬朗，他的妻子几年前去世了，孩子们都已经成家立业，住在别的小木屋里。他帮我们收拾了一间小木屋，还给我们送过来一碗蒸过的热乎乎的热带雨林水果。后来我们在雨林里，还找到了这种水果，样子很像巨大的扁豆，口味却很像土豆，挺好吃的，可惜记不清名字了。

放下行李之后，我们就跟着 Lupas 还有他的朋友进了雨林，真正的雨林。

深深的、深深的丛林，走进去，一眼看不到边，Lupas 和他的朋友，一前一后护着我们。一根伸出来的树枝划伤了我的脖子，Lupas 怕我们再被划到，便拿起自制的大刀，哗啦哗啦地就把那些树枝砍掉了。当时我和悄悄只有一个感觉，Lupas 爷爷好帅！

奇异的藤蔓花草，成群结队的蚂蚁昆虫，头顶的阳光透过雨林窸窸窣窣地打下来。雨林就像是一个世界，当你带着提防的心态，每走一步都是煎熬，当你放开自己，与他亲密接触，就会感到深深的欣喜。

行走了大概半个小时，我们到了一条小河边，我脱下鞋准备蹚水走过去，才发现我的脚上爬着好几只蚂蟥。习惯了钢筋水泥，平常见到个蚊子都不愿意用手拍的我，吓得赶紧用手去扯，结果，蚂蟥立马牢牢地吸在了手上。

"Lupas，help me please!"（Lupas，快帮帮我！）

惊慌失措的我赶紧向 Lupas 求助，Lupas 笑了笑，走过来拿了块石头把我手上脚上的蚂蟥一一刮掉。

"Is it ok?"（没什么问题吧？）

"Don't worry, it's ok."（别担心，没事的。）

虽然Lupas很淡定地说没事，可是我看着自己血流不止的脚，真的非常担心。

走过小河，Lupas坐在河边为我们现场制作鱼竿。鱼竿是在雨林里随手砍下的棕榈叶的茎秆，然后绑上带来的线和鱼钩。想着反正鞋子也防不了虫，我们索性赤脚在河里走来走去撒起了欢儿，全然忘记要钓鱼这件正事。Lupas无奈地把鱼竿插在水边，然后把自己的雨鞋脱下给了我们。

我和悄悄穿着雨鞋在河里噼里啪啦地跑，有一瞬间我们站在水流中回头看：Lupas和他的朋友就这样赤着脚坐在岸边，安静地望着丛林的深处，手中的纸烟燃着，清澈的河水泛着涟涟的波光。突然间，世界变得格外安静，我们好像又回到了小时候，站在田埂边，对未来充满了不知名的期待。

眼看天色将暗，我们收拾了东西，穿过雨林，回到了自己的小木屋。到家的时候，外面下起了微微的小雨，Lupas回去准备晚餐，我们冒着雨开始在村落里闲逛。

Lupas 为我们制作鱼竿

Lupas 和他的朋友

热带雨林

村子邻着雨林，大概十多户小木屋。门外堆着柴火，架着炉子，炉子里烧着米饭，女人和孩子们就在木屋门前闲坐着，饿了就把炉子端到跟前，抓着炉子里的米饭一口又一口。

“你说，他们坐在那里的时候，都在想些什么啊？”悄悄问我。

我说：“大概什么都不想吧。”

“可以什么都不想的日子，一定很平静，很幸福。”悄悄说。

这里的女人和孩子很害羞，我们拿着糖果凑近他们想交个朋友，但是他们接过糖果就背过身去，偶尔回头瞅我们一眼，然后又背过身去。我们正苦于没人聊天，突然从身后传来一句哈喽，一个男人从屋子里探出脑袋。

我们欣喜若狂地跑过去，开始闲聊，他的英语不错。屋子里黑黑的，他说自己的头有些痛，身边还躺着三个小孩子，他的大女儿很漂亮，蹲在屋子外面，静静地看着雨，悄悄回去给他拿了我们带来的感冒冲剂。不一会儿，他的妻子扛着一根木头，怀里还抱着一个孩子回来了。

部落，马来西亚热带雨林中

他告诉我们，在这里，男人负责打猎，女人则负责做饭和造房子，没错，在这里，女人是负责造房子的。如果一个男人想娶一个女人，那他就会去山上打一只猴子回来，以证明自己的能力。他们结婚的时候，就会请全村的人吃猴子。新婚夫妻会从原来的家庭里搬出来，再造一个小木屋开始新的生活。如果村里有人去世，他们会把尸体放在树顶，供鸟兽食用，类似我们以前听说过的“天葬”；另外，当村落里有人去世或者食物缺乏的时候，他们就会离开这里，寻找一个新的栖息地。离开之前，他们会去告知镇上的人，从而保持联系。

2

“我想住在雨林里，有树有猴子。我会去城市度假，但我并不想住在那里，城市里车和人都太多了，我不喜欢那样的生活。”——*Lupas*

没多久后，Lupas让人来喊我们回去吃饭，我们道了声再见，就兴冲冲地跑去找Lupas。他坐在自己的小木屋门口，地上的柴火还在冒着烟，看见我们回来了，就笑着从身后端出两个盘子，

披着彩色披肩的部落小女孩

是为我们准备的鸡肉和米饭。不知道他的鸡肉里面加了什么香料，感觉真的好香，以至于悄悄就着鸡汤汁吃完了一锅米。

不得不补充一句，别看悄悄瘦得跟猴儿似的，她真的很能吃。

吃完饭之后，我们和 Lupas 一起躺在木板上，看着远方的雨林朦朦胧胧飘着的雾气。

我们问他："你想去城市里生活吗？"

他说："我喜欢住在雨林里，这里有树有猴子。我会去城市度假，但我并不想住在那里，城市里车和人都太多了，我不喜欢那样的生活。"

那一刻，我们躺在 Lupas 门前的木板上，学着 Asli 人什么也不想，城市的生活，挤地铁赶公交做 PPT 做报告，就像雨林上空飘着的雾气一样慢慢地飘散，曾经熟悉的、厌倦的、又爱又恨的生活，在那一刻离我们那样遥远。

3

Lupas，哪里可以尿尿啊？

哪里都可以，只要你喜欢。

我们的小木屋

悄悄想上洗手间，她问 Lupas 洗手间在哪里。

Everywhere if you want(哪里都可以，只要你喜欢)，他说。

然后我们所有人都开始捧腹大笑。

后来我们找了一个偏僻的角落，就地解决了。那是我这辈子尿尿最快的一次，因为好怕深深的草丛里会突然蹿出来一条蛇咬我们的屁股。

夜色开始暗了下去，Asli 人开始顶着矿灯走来走去串门。

我和悄悄没有矿灯，想着第二天还要和 Lupas 去雨林里面打猎，所以决定早早回去睡觉。

虽然睡得很早，但第二天，我们还是没能按时醒来。我们没有矿灯，摸黑聊着天。我问悄悄，半夜会不会有蛇爬进来啊？

悄悄很没有底气地说：“应该不会吧。”

聊了没几句，我们就聊不动了，大家静静地躺在木板上，听着身后的雨林，还有草丛的窸窸窣窣，仿佛自己就这样没遮没掩地睡在了丛林里，第一次离真实没有修饰的大自然如此的贴近。我们躺在席子上，身下的木板缝隙大的可以伸进一只拳头，白天看着我们一直流口水的黑狗，一直在我们的身下窜来窜去。被蚂蟥咬的伤口一直汩汩地流血，而且我还在经期，悄悄说她都能闻到我浑身上下血的味道。

我们把小木屋的门紧紧扣上，好怕半夜有动物循着血的味道过来，把我们两个人吃了。夜渐渐深的时候，还能听到村落里的人来来往往进出雨林的声音，那感觉就好像我们在逛夜市一样随意，那是 Asli 人进去打猎了。夜再深一点的时候，我恍恍惚惚听到了音乐声，流行音乐的声音。雨林，音乐，蚂蟥，Lupas，所有的元素在脑海里旋转，直至我深深地睡着，连身边悄悄的呼吸声都听不见了。

第二天一大早，我们跟着 Lupas 进雨林打猎。他们打猎的方式很传统，用砍刀和射箭。由于前一天晚上下了大雨，雨林的路比前天难走很多，猴子也不太容易看到。网面的鞋子根本阻止不了蚂蟥，它们伸缩自如地挤进鞋子，然后爬到身上。最搞笑的是，悄悄没走几步，感觉屁股上不对劲儿，急死了，Lupas 和他的朋友笑着别过头去，然后悄悄把裤子脱下来，我帮她检查，嗯，没错，是蚂蟥。

雨林中穿行了两个小时，成千上万的蚂蟥爬到我们身上吸血，然后被我们掸掉，然后再爬再吸。后来，Lupas 就笑着说，我们是来做了一次“Blood donation”（无偿献血）。到后来，我们也是极其淡定了，手上随时抓片叶子，走两步停一下，检查一下腿，万一有蚂蟥，就用叶子把它刮掉。我们俩也是极其幸运，什么准备都没有做，也没有因为蚂蟥的疯狂叮咬生出什么病来。

但在这里，我还是衷心地希望所有的小伙伴，以后如果要去雨林的话，一定要提前做好充足的准备，比如结实的长裤长袖、防蚊虫叮咬的喷雾、药物、创可贴等。无论何时，一定要照顾好自己。要不然就会像我们一样，因为蚂蟥咽部分泌的液体有抗凝血作用，从雨林出来之后，整个人基本就成血人了。

4

Do you like it?(你喜欢吗？)

Yes, i like it very much!（是的，我特别喜欢！）

临走的时候，为了感谢 Lupas 的照顾，我们把随身携带的方便火锅拿出来邀请村民们一起吃，Lupas 吃得连连称赞，把火锅汤都喝个精光。作为四川女孩的悄悄表示非常欣慰，看来火锅这个美食，可以真正走向全世界了。

Lupas 说，我们是他们村庄来过的第一批中国人。他说，以前曾经有几个欧洲人跟他一起在雨林里待了一周没有出来，他教他们如何在雨林里生存，如何打猎，如何造房子。他说下次如果有机会的话，也可以教我们。

如果真的有机会的话，好希望就这么把自己扔进雨林里，没有电脑、没有手机、生火做饭、砍柴造屋，回归到生活最简单的样子。

如果真的有机会的话，希望我再来，希望 Lupas 依然像现在这样，不会变老。

5

我们习惯了自己从前的生活，渐渐地变得麻木，以为生活和世界就该是这个样子。

我们生活在围城里太久，所以忘了外面的世界还很大，快乐的方式还有很多种。

我们总是以自我为中心，所以狭隘地以为，和自己不一样的，都是生活的失败者，都需要我们去同情。

就像我和悄悄走进村庄的初始感受，我们觉得他们没有电视、没有汽车、没有热水，是一件非常可怜的事情，我们觉得他们贫穷落后，发自肺腑地表示同情。

可是实际上，他们知道外面的世界正以与他们不一样的方式在往前走，可是他们所有人依然坚守自己村落的信仰和生活方式。

在雨林里，可以换着姿势看日出日落；

可以找一个自己喜欢的角落尿尿；

可以有很多很多的时间坐着，就那样坐着，什么都不用想；

然后偶尔去城市里度个假，看看城市人的拥挤和忙碌、疲惫与迷茫。

后来的旅行中，我们遇到很多人，怀着各种各样的心思。我们就常常会想念Lupas，想念Asli人，想念他们坚守的简单淳朴。

没有汽车没有房子并不可怜，可怜的是我们被欲望驱赶却不自知，可怜的是，我们在追逐欲望的过程中丢了信仰。

这个世界真的很大，他们在雨林里画地为城，过着自己理想的生活。

别打扰他们，也别丢失了自己。

走的时候，Lupas掏出了他的诺基亚，给了我们他的手机号。

会再来的，等我。

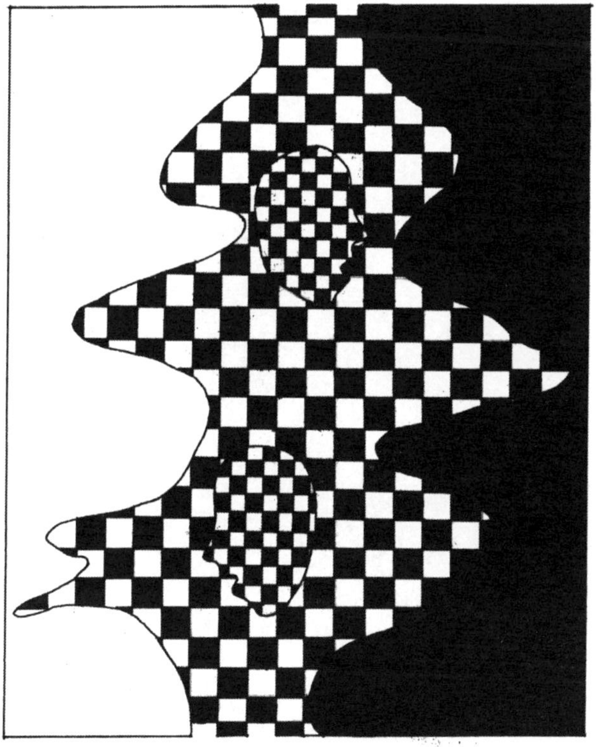

世界是一半一半的

世界是一半一半的
因为世上没有绝对的正确
也没有绝对的错误
没有绝对的快乐
也没有绝对的痛苦

因为苦中有乐
对中有错
你中有我
我中有你

2.4 出体

你的身体里藏着很大的能量，我都看到了。

你出过体吗？

曾有人说，没有出过体的人不能算是艺术家，这句话我不敢苟同。我不敢说常常出体的我就是一个艺术家，但总觉得这样的体验发生在我的身上，必然有它发生的意义。

所以今天我也想将这样的经历，诚实地分享给大家。

我猜，这或许是因为当时的天气，或许是因为当时的心情，抑或是因为身边出现了什么不一样的人，最终引起了某些元素的波动，牵引着我的灵魂离开了肉体。

第一次出体的情形我至今记得很清楚，那一段时间我喜欢开着白光灯睡觉。大概是在凌晨 3 点左右，我睡下不久，进入了一种介于熟睡与清醒之间的混沌状态。突然间伴随着全身的震颤，一阵电流涌向我的每一个细胞，耳鸣也变得逐渐强烈。随后就是一股巨大的力量，撕扯着我，仿佛要把我从自己的身体里拉出去，力量持续了好一阵，我能够清晰地感觉到它强弱的变化。我的意识并没有拒绝，于是最终，我看见透明的我从身体里飘浮了出来，重力的作用似乎变小了一半，飘浮的我停留在镜子面前。

我看着镜子中自己的眼睛，不知道为什么，那双眼睛让我印象深刻，因为那是我的眼睛，却又好像不是我的眼睛，熟悉而又陌生。我明明是在睡梦中，却又异常的清醒，我清楚地知道自己的肉体正躺在那里，而我的灵魂正在我的掌控中四处飘荡。

我曾看过一本书，叫作《未来简史》，书中说，人的大脑是被编程的，只不过程序十分复杂。所以我想，人一定就是被上帝编好程会行走的怪物吧。3 点的时候，一定是有什么触动到了机制的开关。不然为什么出体之前总是会伴随耳鸣和电流？那就是让身体被通电，震动起来，这时候力量就来了。

如今我和贝贝来到了热带雨林中，当晚我们睡在极为简陋的小茅草屋里。我们在很硬的木板上铺上席子，然后小心翼翼地把蓝色的蚊帐掖在身下，防止被蚊虫叮咬。贝贝躺在我的身边，不一会儿就酣然入睡，我清晰地记得她的最后一个动作，是关掉挂在蚊帐上的小手电。木板太硬了，我怎么都无法睡着，在黑暗的世界中，我慢慢地滑向深渊。后来不知是过了多久，我的耳边再一次响起了强烈的耳鸣声，我在熟睡的状态中告诉自己，这是要出体的信号。

然后便又是那股熟悉的力量开始拉扯我，我闭着双眼，可我却能看见黑暗中房间里每个物体的位置，我看着自己被力量扯出了上半身，肉身与我的灵魂分离。

我害怕极了，我害怕从天花板上飘出去，害怕飘到偌大的伸手不见五指的热带雨林里去。正在力量与我较量的时候，我看到贝贝的身体边缘笼罩上了一层淡蓝色的光芒，她的手搭在我的身上，慢慢地将我的灵魂压回体内。

灵魂与肉身重合的刹那，我终于彻底醒来。睁开眼，贝贝还是安静地睡在我的身边，好像什么都没发生过一样。我不知道那淡蓝色的光代表着什么，但我的潜意识告诉我那是能量，一个有能量的人才能发出那样的光芒。

其实那段时间，贝贝的状态并不是很好，我很为她担忧，却又无能为力。

但当我看到那片蓝色的光芒之后，我突然为她开心起来。

凌晨 6 点多，Lupas 过来敲我们的房门喊我们起床。贝贝在我身边换衣服，我对她说："贝贝，你不要担心，你会变得很好的，因为你的身体里藏着很大的能量，我都看到了。"

然后我对她讲了昨夜我出体的经历，她半信半疑地点点头，然后笑着说："我没有过这样的经历，但是哪怕你只是为了安慰我，才编造出这样一个故事，我也已经很感动了。更何况我知道，你一定是真的看到了。"

我知道，贝贝相信了我所说的话，因为从那一天之后，贝贝又渐渐变得开心起来。当一个人相信了自己，还有什么坎儿是熬不过去的呢？

当我渐渐习惯出体之后，便慢慢开始享受这种可以以上帝的视角去欣赏人类和地球的独特经历。

肉身的狭隘，有时会让我们当局者迷，偶尔让灵魂脱离躯壳，能让我摆脱白日的烦扰，静静地游荡、思考，未尝不是一件好事。

我知道这当中还存在很多的未知，但我并不苛求去搞明白它的原理，它的成因。未知让人充满激情，我想，就让它始终戴着神秘的面纱，在天时地利人和的时候，带领我去获取来自这个地球纯净的力量，就好啦。

本文讲述的是悄悄的经历

破 茧

嘘，

你听，

风雨要停了，

而我们，

也终于要破茧而出了。

2.5 会说六国语言的沙发主

哦，那个送我蓝色裤子的胖子。

从塔曼尼加拉离开后，我们坐车赶回吉隆坡，在大巴车上临时向沙发主发出申请，这种很临时的申请，通常有很多沙发主是不喜欢的。但我们运气好，胖胖的 Alan 接受了我们的请求。

Alan 的公寓在市中心，有一个大大的露天阳台。有时我们会在夕阳西下的时候一起趴在阳台的栏杆上，他静静地抽着烟，而我则在悠悠飘来的歌曲声中眺望着不远处的双子塔。我知道，日落之后，天边红霞散尽之前，那是伊斯兰教徒在做昏礼祈祷。

离开那天，我们起得很早去赶飞机，Alan 和他的室友还在酣睡。我们在他的桌上留下了一张手写的明信片，然后关上所有的灯，拎着自己所有的行李，悄悄地推门离开。

那样的分别，又在后来的人生中上演了无数次，连再见也不必多说一句，只需轻轻地为他带上门。等他醒来后，他会推开我们住过的房间，然后看到一切回归到我们来之前的样子。然后他会安安静静地吃早饭，吃到一半的时候，他会突然停下来，对他的室友说，这个时候不知道贝贝和悄悄又到哪里流浪啦。

Alan 送我的那条蓝色裤子超级肥大，却意外的合身，我一直穿着它走完整个旅程。

我们是去过那里的，每当我看着照片里那条蓝色的裤子，我的心里总是这样想。

是啊，我们存在过，哪怕时光会改变许多东西，但回忆里蓝色的裤子会一直在那里。

吉隆坡的夜市风景

这就是 Alan 送我的蓝裤子

猫

无论我们走到哪里，它总会守护着我们，在故事的最后，它会踩着七彩云霞来接我们回家。

2.6 有了你谁还需要完美

你指责她们，可你确定，你比她们，更懂爱吗？

我以前真的是一个自私而又冷漠的人，冷漠到根本不会去关心一个人，也不懂如何关心。

可是身边的女孩子们教会了我。

我痛经的时候，给我煮姜茶。

我胃疼得流眼泪，大清早跳起来坐着摩托车给我买药。

我坐的每一班飞机，都会在我值机、登机、落地的时候，再三确认。

我穷困的时候，给我寄美容棒、寄面膜，教育我不能熬夜，要保持美貌。

我很爱她们，虽然不是爱情，但是真的很爱。

旅行的时候，剪了个齐耳的短发，人越发清爽利落。

一头长发古灵精怪的悄悄和干净利落的我走在一起，大概确实容易给人联想。

有一个耿直的荷兰姑娘就曾经问过我们："Are you a couple?"（你们是一对吗？）

我们俩就大笑。如果能是也挺好的，可惜我们不是。

在吉隆坡的时候，我和悄悄去了一家男同酒吧"Blue boy bar"（忧伤的男孩酒吧），马来西亚第一家男同性恋酒吧，至今已有将近40多年的历史。在这个同性恋不合法的国家，这里如同酒吧名字一样，同时兼并着快乐与忧伤。

我们很想进去，可是钱又不够。漂亮的Ladyboy（人妖）前台，给我们直接打了一个五折。

进去前，我问她："能在里面拍照吗？"

她笑着说："拍啊，为什么不拍，你应该多拍点儿，让更多的人知道这里。"

是啊，为什么不呢？

酒吧里，每晚两场的Ladyboy秀吸引了来自世界各地的人们，我们是现场唯一的女孩。

非常有名的 *Ladyboy* 表演

一个胖胖的男孩围着自己的男朋友，开心地跳着舞，一对高高瘦瘦的加拿大情侣来这里，庆祝其中一个人的生日。

我们端着酒杯，和一个马来西亚同性恋叔叔攀谈，他敞开心扉，和我们讲述了他的故事。

他有三个孩子，离婚后，和前男友一起生活了6年。后来，前男友将他赶出了家门。

“他像赶狗一样，把我赶了出来。当时，我在那个陌生的城市，无依无靠。”他说话的时候是平静的，平静得让人心疼。

“我已经不想谈恋爱了，就这样一个人生活，也挺好的。”他是我父亲一般的年纪，但是在爱情面前一样的无助和脆弱，悄悄心疼地摸了摸他的头，他就笑了。

虽然他笑了，但，这是一个悲伤的爱情故事。

很悲伤，很真实。

真实得就像我们身边常常上演的爱情故事一样。

旅行的途中，X小姐和Z小姐给我发信息：贝贝，我们俩有家了，一室一厅，沙发留给你，欢迎常回家看看。

那时在陌生的城市工作，X小姐和Z小姐是我为数不多的常常腻在一起的女性朋友。

但刚开始，她们并不认识彼此。

我常跟 X 小姐一起开车出去拍夜景，一起吃夜宵，然后一路聊着走回家。

也常跟 Z 小姐一起去看电影，然后在夜市吃着唱着歌，踩着高跟鞋一路走回去。

当你愿意跟一个人走很多很多路的时候，那你一定很喜欢她们。

是的，我很喜欢她们。

X 小姐是朋友介绍给我的，第一次见她的时候，觉得她是一个长得好白净的小姑娘。认识没几个小时，她就告诉我，她喜欢女孩子。

那个晚上，我花了一整夜试图说服她相信自己其实喜欢的是男孩。因为我知道有些路走起来太辛苦，我不想她走那条路。

我知道，那一晚那些所有的、所谓的为她好的苦口婆心，她已经听太多人说过，但她在微信那头还是很认真很耐心地听了一

她们俩

夜。最后她跟我说：“其实我没有觉得自己一定要喜欢男孩还是女孩，只要是我爱的，就好。如果爱上的总是女孩，那我也认。毕竟我在乎的，是爱情，不是性别。”

从那以后，我再也不曾试图劝诫她。

因为我知道，有些路，只要是自己选的，即使辛苦，也是开心的。

那么，她开心就好。

再后来，我玩她的尤克里里，看她的书，读她写的文字，听她说她的伤心事。

再再后来，我周末就常去她家度假，因为她家有舒服的沙发和床，比我的出租屋舒服多了。有的时候晚上懒得走，就睡在她家。女孩子去女孩子家玩，习惯上总是要睡在一张床上的。我理所当然也打算跟她睡一起，她就开玩笑地问我："你不怕我啊？"

我问她："为什么要怕？"

她就笑了。

是啊，为什么要怕呢？一个能写很美丽文字的女孩，一个每次都帮我开车门扶车顶的女孩，难道仅仅因为性取向不同，就成了怪物了吗？

我至今仍记得蔡康永在节目上眼含泪光说过的一句话："我们不是怪物。"

我们该怕的，是扭曲的人格，是缺失的教养。

和性取向，有半毛钱关系？

Z 小姐也是，我心情不好的时候陪我压马路，我不想吃饭的时候，找各种理由拉我出去吃饭。一部电影看过一遍，因为我想看，愿意陪我再看一遍。

因为有她们俩在，生活开始变得充盈和快乐起来。但那个时候，她们都只是偶尔从我的嘴里知道对方的存在，从未见过面。

后来，当我知道 Z 小姐也喜欢女孩的时候，我的第一反应是，我去，她们俩真的是太合适了！

第二反应就是，不行，不能介绍她们认识。

因为知道人生有太多不易，所以总存着一点私心，希望自己的朋友是可以过得容易些的那个。

我极蠢地以为，不介绍她们认识，就可以阻止她们之间的可能，就可以提高她们喜欢男孩子的几率，就可以走一条没那么辛苦的道路。

但事实证明，愚蠢的人类，根本没有办法阻止一段缘分，就像月亮迟早要圆，太阳迟早要升起来。

她们最终还是认识了。然后第二天，她们就在一起了。

然后，就基本没有我什么事儿了。

在一起之后，她们把生活过成了诗，把所有的片段都过成了爱情。

夜深了，睡前故事是这样的：

在午夜的前三分钟

她听了一个故事

玫瑰等到了小王子

狐狸依然在田野里睡觉

国王醉倒在高高的椅子上

飞行员留下了一个拥抱

喏　一个拥抱

春天的时候，是这样的：

一月里风雪正浓　二月我跑来与你相遇

三月就靠在一起听一阵风

看春风又绿江南岸　也看人面桃花相映红

然后等等四月五月六月
等等明天

夏天的时候，是这样的：

春天该认识一个人
夏天就带着她私奔

秋天的时候，是这样的：

又到了最爱的季节
这次可以和你一起看看落叶了
你若不开口
秋天就不会走

想对方的时候，是这样的：

睡不着的深夜
突然想起平遥的落日
我们顺着那条不算宽的路
摇摇晃晃嬉戏笑闹
似乎能就这样走完一生

月色好的时候，是这样的：

今晚的月色太过好看

该把心上人多想几遍

吃野餐的时候，是这样的：

冰是零度　开水是一百度

海水十七度　今天的空气十八度

牛肉汉堡有五十三度　奶油蘑菇汤六十度

你的手大概三十三度　唇应该有三十六度

嘿　吃完这顿春意盎然的野餐

要不要一起猜猜看　心跳有多少度

逛咖啡店的时候，是这样的：

把街角的咖啡店还给白衬衫的十七岁

把滚烫的心跳还给一碗方便面

把水晶鞋还给迷路的小飞侠

现在我要把我的名字还给一条小鱼了

把翅膀还给你闪闪发亮的眼睛

把你还给我吧

你指责她们，可你确定，你比她们，更懂爱吗？

有一次，我们一起在星巴克闲坐，她们俩很无聊地在点单纸上涂涂画画。不一会儿，把纸递到我的面前，说：“贝贝，这是我们未来的房子。”

纸上，是她们随手画的房屋平面图。主卧，婴儿房，狗狗的房间，厨房，书房，阳台。在主卧的旁边，还有一个房间，上面写着“贝贝的专属房间”。

她们在规划自己的未来，她们的未来里面，有我。

现在她们俩终于有家了，终于在这个不太友好的社会，有了一个属于自己的小窝。

虽然当初给我画了一个大饼，与 5 室 2 厅的大房子和说好的次卧似乎还有点遥远，可她们很幸福。

幸福的人手牵手一直往前走，走起来大概比我们单身狗要快得多。

辞职辞得匆匆忙忙，走的前一天她们俩来我家帮我收拾行李，晚上和我并肩躺在我的床上。

我说：“我以后一定要把你们的故事写出来。”

我还说：“你们结婚的时候，我要当证婚人。”

她们都说好。

我在她们的朋友圈里，看遍了春夏秋，
现在我在等她们的冬天，想在她们的爱情里看浪漫的初雪。

这是我想要讲的两个爱情故事，美好或悲伤，真实的故事。

我不想做任何评价，我只是希望能好好地把她们和他们的故事讲给你听。

因为今天我所讲的，和性别无关，我讲的是爱情。

歌手卢凯彤曾经说过这样一句话：

我知道这个世界不完美，我的人不完美，我的音乐不完美，
但有了你谁还需要完美？

我们一个人在这个变幻莫测的世界打拼，从不敢轻易承认自

己的不完美。因为我们不敢向这个世界揭露自己的软肋，因为没法确定等待我们的是理解还是责难，所以只能拼命地想把自己铸成铜墙铁壁。

直到遇见那个人，突然就有了直面一切的勇气，突然觉得自己不完美也没有什么所谓。

直到遇见那个人，诗歌突然就有了血肉和灵魂，自己也突然变得可爱与真诚。

X 小姐在她的朋友圈里说：很多时候我们都在和世界硬碰硬，一身戎装像是在打一场永不停歇的战争。可遇到了那个人，你就不再是叱咤疆场冲锋陷阵的将军，你只想脱下铠甲放下武器，换上一身粗布衣衫，坐在桌前和她慢慢喝一杯茶，聊聊天气，也聊聊今天的晚餐。然后天色就那样暗下来，你看着她的眼睛，什么都不需要再说。

我和悄悄是不会在一起的。

但是她还是可以和她在一起，他也可以和他在一起。

我们都还是可以和爱情在一起，白首不相离。

我曾经，对很多人很多事，有过很偏颇的想法。直到他们出现，很真诚地让我走进他们的世界。

同性异性又怎样，爱就是了。

异性也有悲欢离合，始乱终弃。

同性也有恩爱甜蜜，细水长流。

所以，亲爱的，别评价别人，请先笃定好你的爱情。

记得当时在那个同性恋酒吧里，跳舞的主持人问我："你为庆祝什么来到这里？"

我说："为了庆祝我恢复单身。"

他很认真地看着我说："It always happens, we are all the same."（这种事情一直都在发生着，我们都是一样的。）

是啊，那些不好的事情，It always happens.（它一直在发生。）

Life is always hard ，but we meant to be strong.（生活一直是艰辛的，我们注定要变得强大。）

我们都是一样的，在生活和爱情面前，一样伟大，一样卑微。

所以，今夜，我们在吉隆坡，我们不聊别的，让我们为逝去的，正在进行的，和即将到来的爱情，干杯！

挚　友

有没有这样一个人，知道你所有的故事，
也懂你所有的心事，
你们唱着各自的曲子迎面走来，
却奇妙的韵律和谐。

以前听说过高山与流水的故事，
后来我们写了贝贝与悄悄的故事。
我们约好等我们老到没有了牙齿，
要向我们的孙女讲另外一个奶奶的故事。

于时间的无涯中，遇见你，只想轻轻说一句，
你好贝贝，我是悄悄，往后还请，多多关照。

2.7 做沙发客请注意

生活不会一帆风顺的，旅行也是。

不论是和悄悄认识之前各自单独的旅行，还是认识之后一起的旅行，我们总会选择以一个沙发客的身份去融入一个陌生的城市中。对于我们来说，沙发客旅行，就是帮助我们融入陌生文化的敲门砖。当我们来到一个陌生的国度，我们希望能够触摸到这个国家最真实的脉搏，希望能够以一个当地人的方式去行走。然而冰冷的攻略文字终究还是无法打破我们与当地文化的隔阂，所以我们选择敲开当地人的门，走进他们的家庭，和他们一起生活。

这么久以来，我们睡过地板，睡过沙发，睡过简单的单人床，也睡过豪华的木雕大床。我们会在 Couchsurfing（沙发客）网站上认真地阅读每一个沙发主的个人简介，从他们的自我介绍中，我们能看出这个沙发主的个性。或许是一个热爱旅行的热辣女孩，或许是一个单亲家庭、渴望朋友的孤单男孩。我们认真地研读他们的文字，精心挑选我们每一处旅行地的沙发主，就像在挑选一个朋友。

大部分时候，我们总能找到合适的沙发主，然后开启一段开心浪漫的旅行，但也有例外。

这个例外，发生在古晋。

古晋是一个很美妙的城市，各个民族、宗教、肤色的人在这里共同生活。与西海岸马来西亚半岛不同，古晋的马来人、华人、印度人相处得更加融洽，华人的咖啡店会有印度的姑娘、马来的小伙和说着客家话的福建人。因此这里的建筑更加丰富多彩。

Amanda 是我们在古晋的第一个沙发主。我们一直对大家说在选择一个沙发主之前，一定要仔细研究这个沙发主的主页，如果曾有沙发客对其给出过负面的评价，那这个时候就一定要小心了，因为绝对不是没有缘由的。

然而当我们抵达古晋机场的时候，我们自己却忘了这个原则，只是草草地看了一眼 Amanda 的往期评价数量，就向她发出了申请，而她也很快就接受了我们的申请。

丛林，古晋

等公交的人们

后来 Amanda 说要来机场接我们，我们就安心在机场等着，心里还美滋滋的，觉得遇到了一个好的沙发主。

我们约好下午 1 点见面，12:30 的时候，悄悄接到她的电话，电话那头她突然劈头盖脸地责怪我们迟到，命令我们赶快到她的跟前。我们俩当时一脸懵逼，但也只好提起大包小包循着她怒气冲冲的描述，去找她停车的位置。

当我们好不容易坐进她的车里并很热情地和她打招呼时，却只得到她一个狠狠的白眼。然后她便开始对我们疯狂地发飙，暴怒地指责我们没有按照约定的时间会合，“Such idiot”（白痴）等等，脏话不停。

“但是不好意思，现在还没有到 1 点。”坐在前排的悄悄指着车上的时间对她说。可她依旧不管不顾地发着脾气，我长这么大，真的是第一次遇见有人指着我的鼻子，中英文夹杂地骂我。

后来，悄悄实在忍受不了了，回头对我说：“贝贝，要不我们就算了吧。”

听到这句话的时候，暴怒的 Amanda 沉默了一会儿，然后突然就笑了，开始做自我介绍，问我们从哪里来，给我们介绍当地的风土人情。前后情绪起伏之大，令我们震惊。

但想着人家都不生气了，我们初来乍到也就不必计较了，便也耐心和对方聊起了天。聊着聊着就觉得有些不对劲儿了，因为

行走在古晋的夕阳里

她开始一个劲儿地给我们推销她的海龟岛一日游的旅行套餐，并且让我们第二天 7 点前就给她答复，因为她第二天 7 点前就要出发。

我们当时没有给她答复，说要再想想，晚上告诉她。可是她把我们接到家里后，自己就出去了，一直到凌晨才回来，我和悄悄本来计划等她回来之后好好跟她聊一下，以缓解我们初见面时候的尴尬，结果被她很不耐烦地拒绝了。以至于我们也根本没有机会跟她说，我们不想去那个海龟岛，也根本没有机会对她说，我们明天就会离开。

Amanda 今年 38 岁，有些胖，家里只有她和一只狗。她说她曾经是考古学家，我们也在她的家里看到了很多鬼面骨头的装饰物，可能是因为白天的经历，不知道为什么，她的房子总是给我一种很阴森诡异的感觉。连在她家洗澡的时候，我们俩都害怕得不敢关门，而且还要轮流搬个板凳在门口守着。

Amanda 诡异的态度，令我们俩毛骨悚然，于是才想起回头去看她的详细记录。结果发现她的 300 多条评价记录里，竟然好坏各一半，这是一个非常不正常的现象。我们点开一些沙发客对她留下的消极评价，才发现，原来 Amanda 一直都是这样一个极端的人，经常对一些沙发客莫名的异常的好，但也会对一些沙发客异常的不好。有的沙发客还说，她接待沙发客就是为了向他们推销自己的旅行套餐。

看到这里，我和悄悄已经一刻都不想待了。因为我们无法接受一个人打着沙发主的幌子来挣钱，更是对这个脾气古怪的沙发主感到了无法言喻的恐惧。做了一夜噩梦之后，第二天早上5点多，我们俩就放下她的钥匙，悄悄地起床离开了。

结果没想到，我们刚刚关上大门，她就嗖的一下从房间里追了出来。

她看着我们，面无表情地说："海龟岛，你们不跟我一起去了吗？"

我们俩当时看到她追了出来，真的快被吓死了，只好连连说："对不起，我们不去了。"

然后她回到房子里，砰的一声关上了门。

我们等她回到房间好一会儿，就又蹑手蹑脚地往上爬楼梯。她的房子在这栋楼的三层，而这栋楼的四层是一个英国老人开的青旅，因为太早太累了，我们决定今晚暂且就先住到那里去。

就这样我们从古怪的沙发主家逃离，搬到了她楼上的青旅。

因为住得太近，让我们一度胆战心惊，生怕在楼道里狭路相逢。以至于那两天，我们俩的精神状态都很低迷。

但好在，那个青旅中住着世界各地来这里探险的年轻人，我们也渐渐认识了很多朋友，包括后来竟然又在吉隆坡街头重逢的荷兰男孩 Jim，还有陪着我们在山洞里静坐的 Max。在这样的环境中，我们原先因为 Amanda 而受到的惊吓才终于得以缓解，重新回归到享受旅行的状态中去。

后来悄悄在 Amanda 的往期评价中如实地描述了当天发生的事情，希望能给后来的沙发客们一个提醒。

没承想，Amanda 立刻就发信息过来对悄悄一阵辱骂。悄悄把她的那个账号拉黑，过了一会儿，她竟然又用另一个小号来辱骂悄悄。

这件事，对我们来说是一个很深刻的教训。从那以后，我们对沙发主的筛选更加谨慎。如果实在没有相中的沙发主接受我们的请求，那我们宁可住青旅和民宿，也不会为了省钱去住进自己完全不信任的人家中。

旅行当中，很多时候，我们需要相信直觉。当我走进 Amanda 家中，压抑的氛围就已经令我感到很不舒服。我将这样的感觉告诉悄悄，悄悄对我说，旅行中，如果我们俩当中任何一个人对某人或者某物有不好的直觉，那我们就要果断地与他保持距离。所以我们才会决定尽快离开那个房子。

我们也希望每一个读过这篇文章的朋友，能够时刻记住，做沙发客是一种与当地人深入交往的方式，但同时也是一场陌生人的实验。这个世界上存在着形形色色的陌生人，如果你偏不巧遇见无法与你和睦相处的陌生人，别纠缠，请尽快撤离。

这就是这个世界真实的样子，生活不会一帆风顺，旅行自然也是。

古晋的孩子们

后来我们和 Jim 在吉隆坡的街头再次相遇，缘分就是这样奇妙

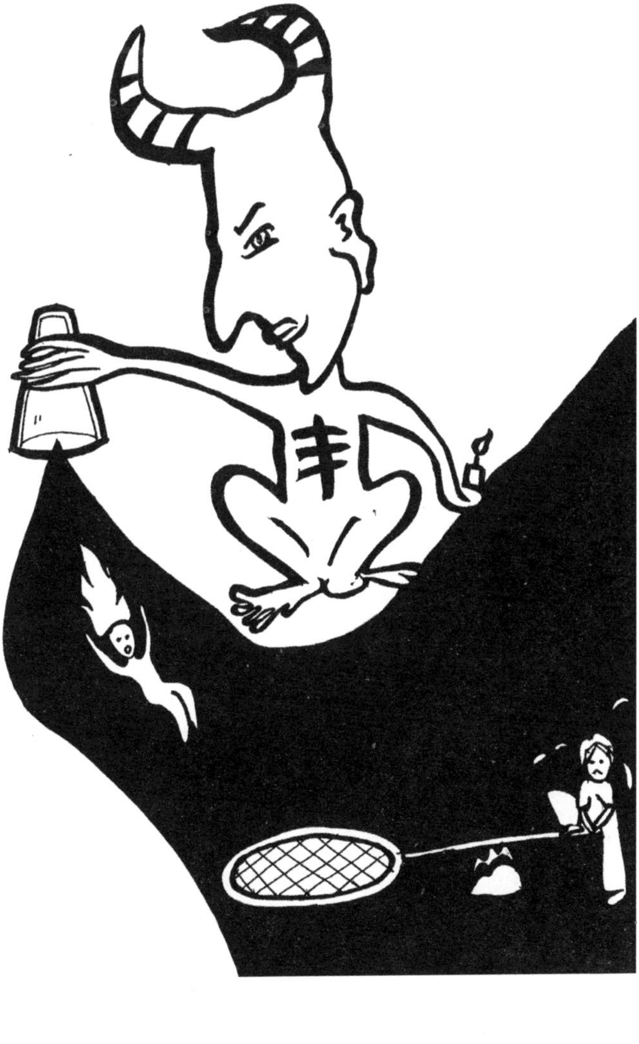

《有时候，内心的恶魔会出来捉弄我企图使我跌落情绪的深渊。但我知道总会有一个人接住我，那是贝贝》

在长时间的奔行当中，掉入情绪的低谷是常有的事，但，有趣的是，我们从来不会一起低落。所以，真的没什么可怕的，因为我们知道，当我们需要的时候，另一个人会在我们身边，永远。

那是贝贝

2.8 来自迪拜的落魄富豪的故事

“年轻人，你们之所以感到迷茫，是因为你们太闲了。”

“年轻人，你们之所以感到迷茫，是因为你们太闲了。”

听到这句话，我们猛地从沙发上蹦起来，认真地看着他：“那你呢？你年轻的时候是怎么过来的？”

“你们要听吗？”Haris 用手移了移快要下滑的镜框。

“要。”我们异口同声，围着 Haris 坐下。

“我 19 岁在巴基斯坦读完高中，就出来工作了。第一个月我的工资非常低，只有 500 元人民币左右，于是第二个月我就去找我的老板，告诉他我创造的价值肯定比500元多，我让他给我加工资。”他说道。

“他加了吗？”

“没有。”

“然后呢？”

“然后我就辞职了。之后我做了很多份不同的工作，都是在给别人打工，为别人工作，直到我25岁时发现自己再也不想为别人工作了，我想为自己工作，为自己创造价值。于是我辞职了，开始创业。我的第一桶金是在Ebay上买卖二手手机赚差价。我一次性买很多部手机，和卖家讲价，然后再一部一部地用高于买进的价格卖出去。26岁的时候，我去了迪拜，发现了短租房的商机。于是开始说服别人把房子租给我，我再分开租给10个人。这样慢慢的，我的房子达到了20套，甚至成立了一个小的管理团队。然后我和生意伙伴想要做其他更大的事情。我们建了楼房，将这些房子卖掉，最后准备建商场，直到……”他停了一下。

“怎么了？”

“直到我破产离婚，亏了200万美金。”

这就是Haris的故事。

这是他在吉隆坡的第6个月。卖了迪拜的房子，在吉隆坡的市中心租下了这栋带泳池的房子。房子里只有简单的生活设施，洗衣机、冰箱、桌子、沙发、床，省去了一切多余的装饰。没有多少东西的房子，显得那么空，那么空，空到需要什么东西去填补。这个东西就是陪伴吧。

Haris 有一个室友，叫作 Ahmed，是个埃及男生。认识 Haris 的时候，Ahmed 一直住在酒店，Haris 知道后，让他免费住在自己家里的另一个卧室，直到找到房子。于是，Haris 有了室友，房子显得不再那么空。

Haris 在我们的采访里说过，他接受沙发客，是因为他不用出门，就能听到全世界的见闻，想象到全世界的样子。可我们都知道，他之所以接受沙发客，还有一个原因，孤独。

他害怕孤独，他也害怕别人知道他害怕孤独。所以孤独的人，家里总是人来人往，和别的沙发主不同，Haris 总是同时接待几批互不相识的沙发客，他的家里也总是睡满了人。就像我们来的那几天，每天都有新的沙发客来，也有老的沙发客走。我们也是来来往往的人海当中的一滴水。

我想要是有一天没有沙发客来，他会觉得孤独吧，他一定会。沙发客已经成为他的习惯了，他习惯了人们来来往往，有所交集，又没有负担。

Haris 也向我们分享了他年轻时打拼的经历，以前为了节省钱，Haris 甚至做饭给他的室友吃，以此达成不用付钱买菜的协议。

“年轻人，不要嫌钱少，所有的财富都是积少成多，要去积累，雪球才会越滚越大。”他说。

在 Haris 家总共只待了 4 天，却是和我们感情最深的一个沙发主。一个萍水相逢的人，却可以如此坦诚相待，毫不留情地揭露我们迷茫的真相。

正是因为遇见了 Haris，我开始反思自己对于财富的态度。从前总想着天上掉馅饼，一夜暴富，他却让我们直面现实，让我们明白一切都需要积累，需要坚持。在整个财富的积累过程中你会遇到很多琐碎的事情，但就是因为你承担了比别人更多的琐碎，所以你获得了比别人更多的回报。然后，便去好好享受这个过程带来的辛苦和结果带来的幸福。

那些沙发客给他留下的美好回忆

Haris 家曾经来过一对年过六旬的沙发客夫妻，他们每天早上很早就起来了，给 Haris 做早饭，把他的房子打扫干净，折叠整理他的衣服。

“我一直一个人住在外面，他们来了，我感觉好像我的父母来了一样，那么温情，那么有序。”

关于不礼貌的沙发行为

Haris 这个沙发老江湖，已经接待了上百个沙发客了，真是好奇里面有没有什么奇葩。

不要去随意碰沙发主的东西

“我起床打开冰箱准备煮早餐，才发现我的冰箱已经空了！那对情侣吃光了我所有的东西。”Haris 生气地说道，“如果是我住在别人家，我会给别人带东西的，而不是吃他们的、用他们的，他们实在是太过分了！”传说中有一对不记得哪个国家的白人情侣住在 Haris 家的时候把他家的东西都吃完了。在此要提醒大家的是：住在沙发主家一定要分清什么东西可以碰，什么东西不可以；如果不确定的话，一定要记得咨询沙发主。

出门在外，一定要时刻谨记：“How you live represents your country, how your parents raised you."（你的表现代表着你的国家，代表着你父母对你的教养。）

不要带其他人回沙发主的家

“如果我发现他（她）带了陌生人来我家，并且没有告诉我，我一定会把他（她）和他（她）的朋友请出家门。这里不是酒店也不是宾馆。有一次我开了 Party（聚会），有个女孩没有告诉我就带了其他人来参加，我也是很无语。这是我的家哎，难道不应该跟我说一下吗？”Haris 这样讲道。

所以请记得自己是一个客人的身份，不要擅作主张。

在 Haris 家的时间过得很快，也很充实。每天都很热闹，因为我们身边有各种各样的沙发客和我们住在一起。我们可以一起交流，一起唱歌，甚至一起旅行。

对于旅行，Haris 是这样说的："If you can travel in first class,why not?"（如果你可以在旅行中坐头等舱，为什么不呢？）

让自己能有更多的选择，不管是旅行还是生活，这大概是我们所有人都在努力的事情吧。

谢谢你，Haris ，未来再见。

好朋友一起做梦

长发及腰的是

悄悄，系着发带、

留着短发的是贝贝。

我们正吹着一个泡泡，

那是我们共同的白日梦，

在这个梦里，金鱼飞上天，

飞到了他们梦想中的外太空。

但我们也不单单是在做梦而已哦，

因为建立起革命友谊的我们，正在

为了我们共同的理想而奋斗。有些梦

还是要做的，万一一不小心就实现了呢。

谢谢正在看书的你，这也曾是我们白日梦的一部分啊。

2.9 世界很危险，但你还是可以好好旅行

坦然面对人性中存在的黑暗，才能勇敢守护自己想要守护的东西。

最近一段时间，总有中国女孩在国外旅行遭遇危险的事情发生。看到那些跟我差不多年纪的生命突然陨灭，常常会感到一种揪心的疼痛。

这两天在一个贴吧里发了自己出去旅行的文章，收到了一些意想不到的评论。

其中有一个人说："你这样离死也不远了吧，不过估计死了，也无所谓吧。"

女生不能独自旅行
女孩子还是好好在家里呆着吧
滚

第一次知道，原来社会始终对女孩出去旅行这件事情有如此多的负面情绪。似乎当女孩选择了出去旅行，就是对自己、对家庭的不负责任，如果出了问题，都是自找的。这让我想起了不久之前，看到的一个关于印度强奸案的采访，几乎多数印度人都觉得，女孩之所以被强奸，是因为女孩穿得太少。

在《旅行家》杂志上，我曾经看到这样一段话：

> 全球最大的旅游网站 TripAdvisor 此前调查了包括中国、美国、英国、德国、法国、意大利以及西班牙等在内 10 个国家的女性旅行者，调查结果显示，43% 的中国女性曾经独自旅行，高于世界平均水平的 41%。当选择旅游的住宿酒店时，85% 的中国女性会在不同的旅游网站上反复比价，远远高出世界平均水平 57%。但全球 92% 的女性都会在网上查看旅店的评价作为重要的参考指标，而这么做的中国女性只占 71%，显然她们更容易被低价吸引。大多数中国女性旅行者都认为独自旅行对于自身的重大改变起到了很大作用，其中 36% 说她们对不同的文化有了了解，43% 表示她们比以前更自信了，56% 感觉自己更独立了。

由此可见，虽然社会传统观念对于女生独自旅行有着很多的非议，但中国女孩独自旅行的意识已经在不断加强。但正如职业旅行家、摄影师马中欣在《铿锵玫瑰走天下：女性背包客游走世界秘籍》中所说：女性旅行者若是没有男士陪同或独立自救的本事，万分之一的机会会让你碰上一个国家“很坏的部分”。

所以，当我们选择背包走出国门的那一刻，我们就需要做好能够直面一切可能性的准备。我们需要时刻记住的是，这个世界很好，也很坏。给自己发现世界的勇气，也要给自己保护自己的能力。在外旅行的时候，我们经常遇见来自欧美国家的年轻女孩，大部分人自十七八岁开始就独自旅行，可是大部分中国女孩在接受旅行文化后，经验和直觉都还跟不上步伐。所以我们并不鼓励大家盲目地走出国门，不做任何功课，赤裸裸地面对这个复杂的世界。

在马六甲 Aji 的旅社里，我们曾经遇到过一个来自巴基斯坦的男生 Bassem 。他告诉我们，他在吉隆坡旅行的时候认识了一个男生，很聊得来，就请他去酒吧喝酒，喝到醉醺醺的时候，那个男生借了他的手机说要出去打个电话，然后就一直没有回来。还有人曾经把他拖到小巷子里想要抢他的手表，还好他身高体壮

温柔的青旅老板 *Aji* 和他救的猫，
他为它取名叫 *lucky*

调皮而又幸运的 *lucky*

Aji 在马六甲漂亮的青旅 *Troka prewar residence and Coffee*

得以逃脱。

真庆幸，在遇见危险的时候，他可以保护自己。

只不过，我希望所有的女孩子都不会遇见这样的危险，毕竟，不得不承认，我们的体力无法与男人抗衡。所以，这就需要我们提高旅行中的警惕意识，培养自己发现风险的直觉，从一开始，就不要给那些“很坏的部分”伤害自己的机会。

很多时候，我们会善良得不忍心拒绝一个陌生人的好意，怕自己的不识趣破坏了旅行中互助友爱的美好。

但是，女孩，如果这个好意，藏着万分之一的风险，都请记得礼貌拒绝。

要记得，任何时候，保护好自己，才是高于一切的准则。

我和悄悄在旅行中收到过很多好心人的帮助，但也拒绝过很多。

不是我们不解风情，路上的风情万种，纷繁复杂，为了我们自己，也为了所有爱我们的人，我们必须带着理智，去挑选和接受。

所有的事情都有技巧，既需要用心，也需要用脑子。

当你张开双臂欣赏异域的夕阳的时候，也要记得保护好自己的包包。

关于华叔

在马六甲的时候，我和悄悄去一家印度餐厅吃饭，遇见一个华裔的叔叔，名字叫华叔。大概是因为华人血统的缘故，华叔非常热情地请我们吃饭，跟我们聊天。得知我们第二天要坐车赶回吉隆坡，就主动骑着摩托车去大巴站帮我们代买了车票。虽然华叔不愿意要我们的车票钱，但我们硬是把钱塞进了他的口袋。之后，热心的华叔提议送我们回住的地方，这样他好了解清楚位置，第二天开车来接我们去车站。但是，因为我们当晚住的是一个比较独立的民宿，毕竟不像酒店一样有很多工作人员，我们俩的警惕心当时就上来了。我们婉言谢绝了华叔的好意，等他骑着摩托车离开，我们才转身前往我们的住处。第二天我们自己打车前往车站，在车站的时候，华叔还打电话给我们，说给我们准备了一些吃的，要来车站送给我们。

其实我们都能感觉到华叔是真心的热情。他年轻的时候好赌，败光了家产，妻子和他离婚，现在他的儿子女儿都在新加坡工作，他一个人生活在马六甲。他说，他希望中国强大，这样他们华裔在国外才能受到尊重。我想他的生活一定是有些孤独和辛苦的，所以他才会这么希望和我们交流。

可是，我们的旅行永远都是匆匆忙忙，那些偶然遇见的人，我们并没有足够的时间和机遇去和他深入交流，那我们只能选择保持礼貌的距离。毕竟那万分之一的可能性付出的有可能就是惨痛的代价。

就像恋爱一样，不能因为人家一点的好，就轻易投入全部。对所有曾经在路上对我们予以热情的过客表示发自肺腑的感谢，然后礼貌地拒绝，不贪小便宜，是我们学会自我保护、远离无法预估的危险的第一步。

一路以来，我们曾在很多时刻，遇见过相似的事情，真真假假，人心难测。我们无法判断这些人到底是好人还是坏人，是我们巧妙规避了风险，还是误解了人家的好意。但是相逢不过一刹那，我们不得不以最坏的结局去揣度变化莫测的人心。安全是我们旅行的第一原则，时时刻刻以最开放的心态去面对未知的世界，却也时时刻刻以最谨慎的态度对自己负责，这是所有女孩在旅行中都应该时刻谨记的。

塔曼尼加拉大叔 Mr. D

Mr. D 是我们在塔曼尼加拉国家公园认识的一个旅行社老

板，就是他带着我们进入了热带雨林找到了 Lupas。我们从雨林回来后，在他的旅行社里休息了好一会儿。后来他就一直想让我们留下来再待一晚，晚上可以免费睡在他的小办公室里面，第二天带我们去坐快艇和钓鱼。坦白说，当时是有些心动的，因为从雨林出来我们俩都太累了，立即返回吉隆坡，又要坐很久的车，会非常辛苦，如果能够有一个地方免费睡一夜，当然是极好的。可是，后来在和悄悄讨论的时候，她说，以她的直觉，一般要你留下来再过一夜的，大多不是什么很好的事情。在我们执意要离开之后，Mr. D 给我们介绍了他的一个出租车司机朋友，用很便宜的价格，把我们送去了大巴车站。临走的时候，我们和 Mr. D 拥抱表示感谢。

雅加达男孩 Eden 和 Budi

这两个男孩是我们在雅加达的一个沙发主举办的 Party 上认识的。当时他们俩一直问我们 Party 结束后要不要一起出去吃点当地食物，我们俩很礼貌地找了一个理由拒绝了。后来，他们依然锲而不舍地和我们聊天。当得知我们住的青旅离 Party 很远之后，他们特别认真地对我们说，你们需要我们，我们可以开车送你们回去。那个时候，我和悄悄就笑了，如果他们真的是坏人的话，那这么锲而不舍而直接的坏人，真的是有点可爱。考虑到我们住的青旅在市中心，非常热闹也比较安全，我们就接受了他们的邀请。当然这两个男孩也没有让我们失望，一上车就让悄悄Google map（谷歌地图），然后乖乖地跟着地图走。到了青旅之后，我们放下了东西，然后和他们一起在青旅外的马路牙子上吃了点食物。聊天的时候，他们邀请我们第二天去爬Karawang（加拉横）市的Loji山，但是因为雅加达和Loji山距离较远，Eden就提议让我们当天晚上住过去，还说可以帮我们找到免费的宾馆。

我问他："如果我们住在宾馆，你们住在哪里啊？"

Eden说："我们住家里，不过如果你们觉得不安全的话，我们可以也住宾馆。"

当时我和悄悄就笑了，内心OS（独白）："同学，你跟我们一起住才不安全好吗！"

最后我和悄悄还是选择第二天自己搭火车去Karawang，转了三班火车之后，Eden、Budi还有他们的女朋友在火车站接上我们，然后一路开着车带我们去了Loji山。Eden是他们镇的政治候选人，Budi是他的高中同学，阳光帅气，但即使是这样，我和悄悄那天晚上也不会同意到Karawang过夜。虽然多花了时间和金钱，但当我们对一个陌生人的好意没有百分之百的把握的时候，我们便绝对不会去冒这个险。毕竟出门在外，那一点时间和金钱和自己的性命比起来不值一提。

我的室友是瘾君子

我们还曾在一个青旅里遇见过一个吸毒的少年，刚开始我们并不知道他为什么总站在洗澡间的入口处抽烟，黑眼圈很重，眼睛里布满了血丝。直到有一天，他邀请我们尝一口，说那是一个好东西，我们才意识到，那是大麻。那段时间，旅社里客人很少，除了老板，就只剩他、我和悄悄，我们住在同一个男女混住的床位房。我们很委婉、很淡定地拒绝他之后，第二天就搬离了那个旅馆。每当想到睡在我旁边的室友居然是个瘾君子，心里不禁有点打寒颤。

险入传销组织

你知道一个打着帮你实现环球旅行梦想的幌子，发展下线，收取会费的传销组织吗？在吉隆坡的时候，我们的沙发主曾经带我们去参加一个聚会，在聚会的过程中，我们认识了一个韩国女孩。我们问她现在在干吗，她说她加入了一个组织，那个组织正在帮她实现环球旅行的梦想。那个组织就叫作“World adventure”。后来我们从古晋返回吉隆坡，这个女孩一再邀请我们再次见面详谈。我和悄悄当然知道她想要拉我们入会的企图，但因为实在好奇他们的组织到底是怎么个套路，我们还是前去赴约了。

我们在一个富丽堂皇的公寓里见了面，除了我们俩，还有一票组织内部的人。他们远在韩国的一个头头跟我们视频通话，讲得天花乱坠，交会费，拉人入会，反反复复不过如此。我和悄悄虽然心里一万句 What the fu*k（什么鬼），但还是一直保持着微笑，并且表现出非常有兴趣的样子。他们讲到最后，就想让我和悄悄交会费。关键时刻，悄悄接到了沙发主的电话，电话的内容是：沙发主回家没带钥匙，要我们尽快回去。

挂了电话，我们起身告辞，表示我们回去会郑重考虑，后续保持沟通。

邀请我们来的女孩特别开心，特地送我们一直到门口。

我和悄悄热情地和她告了别，然后进了电梯。电梯门关上的一刹那，我们俩都长长地舒了一口气。嗯，没错，悄悄接到的那个电话，是我假意要上厕所，在厕所打的。全程悄悄一直在自说自话，因为我们的沙发主正在家里待得好好的。

那个女孩看上去那么真诚，似乎并不明白自己此刻正在做什么。高级的公寓，环球旅行的假象，如果我们不是以前就知道这个组织的性质，会不会在旅行中一下子就冲昏了头脑，糊里糊涂地加入了这个组织?

离开了那个高级的公寓，我和悄悄往住处走，有些后怕。

当我们选择来到一个陌生的城市，就意味着我们选择了去接受和直面一切不确定性。这种不确定性，有可能是在街角遇见一个英俊的意大利小哥，然后相约一起喝杯咖啡欣赏异国他乡的夕阳，但也有可能遇见打着热情幌子的“很坏的一部分”。

我和悄悄每到一个城市，都会首先了解当地城市的治安问题。吉隆坡和雅加达都是摩托车穿行的城市，治安不是很好，当地人都会建议我们，很晚的时候尽量不要出门，在路上走的时候记得把自己的包包背在人行道内侧。在这些方面，我们俩从来都不敢懈怠。所以人迹罕至的阴冷小道我们从来不走，宁可绕道走大路。我们第一天到吉隆坡的时候因为比较晕没有找到公共交通又很赶时间，所以打了一辆黑车。上车之前，我们很礼貌地问司机能不能拍一下他的车牌照，司机师傅很爽快地答应了。

女孩，浪漫是你的天赋，但保护好自己则是一切的前提。

所以，当陌生的热情降临的时候，记得保持清醒。

有人说，人生至少要有两次冲动，一次是奋不顾身的爱情，一次是说走就走的旅行。

一个用来发现另一半，一个用来发现自己。

坦然面对人性中存在的黑暗，才能勇敢守护自己想要守护的东西。

潇潇洒洒出门，开开心心回来，那才是爱情的意义，才是旅行的意义。

快来涂上属于你的自由色彩吧！

我们也坚信，所有的恶意与不解终将消散，平等、善良与勇气会战胜一切。

从踏上旅程的那一刻起，我们就知道，放逐身体不过是为了走出舒适区，追寻心灵的自由，这是一条自由之路，前方等待我们的，将不仅仅是鲜花与蝴蝶，还充满着数不尽的坎坷与危险。但不论是骷髅山还是兔子洞，我们都还是要去寻寻看我们的自由。扶梯上攀爬的女孩依次是悄悄和贝贝。灵感来自于这一路以来我们所遭遇的种种挫折，曾经有人这样给我们留言，他说：“两个女生这样不要命的出去玩，估计离死也不远了吧。但是大概死了也没有什么关系吧。”我们震惊于这样充满恶意的语言攻击，却也决定要像鲁迅先生一样拿起画笔与他们斗争。因为我知道，我们需要发出更多的声音。我们也坚信，所有的恶意与不解终将消散，平等、善良与勇气会战胜一切。

2.10 信仰

如果让我选择一处岛屿，终我一生，与其厮守，我想我会选择巴厘岛。

1

巴厘人有很多神，神庙无处不在，神散落在人群中，将信仰融成了生活的一部分。

巴厘岛上鲜有高楼，透过低矮的院落能看到家家户户供奉的寺庙。

巴厘人不停地参加宗教活动，不知疲倦地编织着复杂精细的棕榈叶供品，精心地准备用于宗教仪式的食物，装饰他们的庙宇。他们忙碌着，着白衣，系花裙，头顶瓜果竹篮，兰花指轻点，燃一支细脚香。每日必不间断，满是真诚的敬意。

巴厘岛上每日上香的信徒们

无墙无门无门槛的神庙掩映在繁花葱茏之中，以一种开放式的姿态，与天地万物共生。让闲步其中的我们，心也一点一点地沉静下来，越来越低，越来越低，直到低落到尘埃中，与一株小草平起平坐。

我们曾在夜晚归来，循着音乐声闯进了一家正在修葺的寺庙，看到一群年轻人团团围坐，正热情洋溢地击打着说不上名字的乐器，排演着不知名的曲目。我们立在旁边良久，听那绕耳的祭祀音乐在寺庙上空回荡。

因着这守护信仰的忙碌，巴厘人反倒没有闲暇去思索其他的烦心事。不论男女老少，载歌载舞，充实而又快乐，也感染着外来的人，在这里找到内心的平衡。

2

然而，在几乎处处都是印度教的巴厘岛，我们却遇见了信仰穆斯林的 Ailsa 一家。

在飞往巴厘岛 10 天前，我们就已经早早地在网上与 Ailsa 取得了联系，她接受了我们的沙发客申请，帮我们避免了要找住

穿着传统巴厘服装的男人，带我们走在田埂上，寻找一处新建的寺庙

巴厘岛的印度教神庙

处的烦恼，让我们可以踏踏实实地落地巴厘岛。到巴厘岛的那天，天色已经很晚，我们叫了 Grabcar（一款打车软件）直奔她家所在的位置，结果在巷子里兜兜转转好久迷了路，最后还是她骑着摩托车把我们领回了家。

曾以为穆斯林女孩保守拘谨，但 Ailsa 却刷新了我的认知。Ailsa 刚刚 19 岁，是一个很调皮可爱的穆斯林女孩，她有一个非常宠她的哥哥，还有一个非常漂亮的姐姐。她的父母不会说英文，却热情好客，每天早上出门前会为我们做好早饭，晚上回来还会给我们带夜宵。

Aaron，Ailsa 的哥哥，25 岁，与我们几乎同龄，所以总有聊不完的话题。他把他在二楼的房间让给我们，自己在客厅打地铺。来的第一天就跟我们传授了潜水的技能，是一个思想非常前卫的印尼少年。因为一直希望出国读书，他在大学期间，辍学专心学了 6 个月的英语。只是很可惜，他申请了很多国外的大学都失败了，最后他好不容易拿到了澳大利亚一所大学的 Offer（录取通知书），澳大利亚签证处却拒绝了他的签证申请，因此他没能去上他心仪的大学。

“I don't know why?”（我始终不明白是为什么？）提及

我们在采访 *Aaron*

这个事情的时候，Aaron 还是有些难受。后来他接触到了沙发客，他的第一个沙发客是一个 Digital nomad（数字游民），因为这个沙发客的影响和鼓舞，他重新找到了人生的方向，成为一名网页设计师和数据分析员。他不需要朝九晚五地坐办公室，工作做完了，就可以去巴厘岛的海边潜水。所以他常常会说，在巴厘岛根本分不清工作与度假的区别，因为他可以随时随地去海边，吹吹海风，然后思考工作中的难题。而且他还教会了 Ailsa 网页设计，他们兄妹俩常常一起去见客户，商讨网页设计的合作。

作为虔诚的穆斯林，他们每天早上 4 点会起来祷告，然后再

Ailsa 一家人

继续睡觉，甚至有时开车开到半路或是和客户开会到一半，都会和身边的人说，你们等一下，我先去祷告一下，然后放下一切，去虔诚地祈祷。

除了宗教信仰，除了肤色和语言，他们就像我们大部分家庭一样，简单温馨。

Aaron 会弹好听的吉他，所以我们没事的时候，就窝在 Aaron 的床上，让他给我们弹奏一曲，或者叽叽喳喳海阔天空地聊天，或者安安静静各自做各自的事情。

他弹奏的《Shape of you》后来成为我和悄悄旅行的主题曲，总是情不自禁地哼出声来。

Ailsa 和 Aaron 有空的时候常常骑着摩托车带我们俩出去看海、看夕阳。在巴厘岛这样的地方，骑着摩托车一路追赶着太阳，和其他的摩托车手擦肩而过，所有的思绪都被裹挟在海风中吹到脑后，眼中就只剩下前方的太阳，是一件非常酣畅淋漓的事情。

3

Ailsa 家门前有一处小卖铺，常有穿着蓝色花纹衬衫和布裙的孩子来这里买一些小零食。也会有一些小伙子，骑着摩托车路

巷前玩耍的孩子们

放学后来小卖部买东西的孩子们

过，向小卖铺老板娘点一盘黄米饭，然后盘腿坐在 Ailsa 家门前的石板凳上，吹着巴厘岛的夏风，吃得酣畅淋漓。

傍晚的时候，我们便出来散步，风中的旌旗，绕耳的甘美朗，平静祥和的小巷子，放学回家的孩子，竟然情不自禁有一种回到了童年乡村的感觉。

记得有一天早晨醒来，窗外传来孩子的歌声，我推开门循着声音找过去，却走到了一处围墙的尽头。折返时迷了路，热带的雨却突然下了起来，我不得不躲进路边的一个小卖铺里。

小卖铺里的老奶奶正在锅里炸鱼，身边蹲着一只蓝眼睛的猫咪。炸鱼是巴厘岛人很热爱的一种食物，Ailsa 的家里也总是屯着很多这样的鱼。老奶奶看到我闯进了她的小铺子里，倒也没有很吃惊，反倒很热情地招呼我坐下。蓝眼睛的猫咪也不怕人，在我的腿边磨蹭了一会儿，索性便跳到了我的腿上。奶奶和我说了好一会儿的话，然后又继续炸起了小鱼。我坐在小卖铺的屋檐下，看着这热带的雨从屋檐垂成了一道雨幕，映着马路上明媚的色彩忽闪忽现。

雨水打湿棕榈叶的声音，鸡蛋花落在地上的声音，老奶奶的锅里小鱼翻腾的声音，还有穿越雨幕而来的孩子的歌声。我就这样坐在这一片明媚的声音里，和一只蓝色眼睛的猫一起，一起闭上眼睛，仿佛融化进了这天地里。

渐渐的渐渐的，一切声音都慢了下来，柔和了起来，孩子的歌声又变得清晰了起来。我睁开眼，青石路上现出了一个一个小水洼，一瓣一瓣的鸡蛋花飘在那水洼里，漾着波纹，映出好看的金黄色。

蓝色眼睛的小猫也睁开了眼睛，它嗖的一下，跳到青石路上，踩破了一个又一个平静的水洼。我也站起身，向老奶奶告别，奶奶又说了好多话，可我依旧是听不懂的，最后她扯下小卖铺上挂着的一串类似炸虾片的零食递给了我。我笑着接了过来，然后转身告别。

下过雨的小巷，像极了一幅饱和度极高的油画。我穿着人字拖踩着水塘向前走，就像那只蓝眼睛的猫。

后来我常常在 Ailsa 家的小巷子里散步，可是我却再也没有遇见过那个小卖铺，没有遇见那个炸小鱼的老奶奶，和那个踩水塘的蓝眼睛的猫。

我一直很想知道，那一天，老奶奶到底和我说了些什么呢？如果我能听懂，陪她多聊一会儿该有多好。

在 Ailsa 家的日子，如同外面飘着的旌旗一样，晃晃悠悠，

音乐、海岛与烛光晚餐

巴厘岛的海上漂浮着练习瑜伽的人

一眨眼，便是一周。明明是异国他乡，却硬是在 Ailsa 家住出了家的感觉。

旅行就是这个样子，下一秒，总会有人对你温柔相待。

有空就来巴厘岛吧，来这里，扫除内心的烦扰，学会祈祷，明白内心的渴求与脆弱。

来这里，看看老朋友。

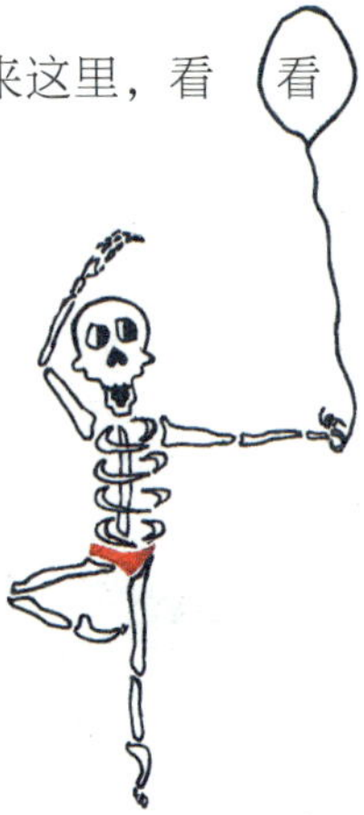

思 考

浇灌自己，享受成为自己的快乐。自己也可以滋养自己，成为我们想要成为的样子。如果你没有办法做到，不要忘记，你自己才是那个最大的阻碍。灵感源自这一路上我们努力去感受自己的内心，学会将自己与他人平等对待。既不是妄自尊大地把自己放在先于他人的位置，也不会妄自菲薄地轻看自己。我们开始倾听自己内心的声音，按照自己喜欢的方式去饲养与浇灌自己。

2.11 那一夜

每一个人在巴厘岛都应当恋爱。

在巴厘岛的阿勇河边，有一片用竹子搭建的绿色城堡，屋顶是竹子做的，门是竹子做的，桌子是，椅子是，床是，连马桶都是。

如果能够去那里住上一夜的话，你会枕着溪水的安眠曲入睡，因为他们就流淌在你的脚下。早晨，你翻身，床和房子发出微微的柔软的咿呀声，应和着你一夜的美梦；窗外裹着白色头巾的巴厘岛男人们，正沿着长长的竹径扫着飘落的树叶。然后，不如就这样趴在窗前吧，闭上眼睛，听虫鸣、风吟，听溪水清唱，听竹叶扫帚和落叶规律的摩擦，一切清澈的声音涌进你的心里，你便什么都忘记了，都忘记了。睁开眼，你会看到身材颀长、皮肤黝黑的巴厘男人们，正冲着你很温暖、很温暖地微笑。

我们正恋恋不舍地溜达着，嬉闹的声音从竹墙内传来，门“吱呀”一声打开了，一群孩子从里面钻了出来。

“大家排排队站好。”孩子后面跟着一个皮肤黝黑留着长发的男人。

这是一个叫作“小小”的中国男人，带着一群中国孩子在那里开展夏令营。

异国他乡，遇见国人，还是很兴奋的。

小小被公司长期外派到巴厘岛，平常没事就骑着摩托车在岛上转悠，去酒吧喝酒，去海里冲浪，所以俨然已是一个巴厘男人。

想着他对巴厘岛比较熟悉有机会可以一起玩，想着遇见便是缘分，于是我们互相加了微信。

当晚，小小喊我们一起吃晚饭。

悄悄那一晚身体不适，我一个人前去赴约。

月亮刚出来的时候，他骑着摩托车来到Ailsa家所在的小巷子。

我迎着小巷的月光走过去，对他说的第一句话是：“不好意思，我知道这样很不礼貌，但是可不可以把你的护照先给我看一下？”

“哈哈哈，我看上去难道像坏人吗？”他的眼睛在头盔后面笑出了眼泪。

人群之外的老人

“谁知道呢。”这是实话，我不退让。

他坐在摩托车上，我站在那里，我们僵持着，有一只小猫从墙边的鸡蛋花树上嗖的一下蹿过，抖落了我一身的鸡蛋花。

然后他乖乖从背包里掏出了护照。

我接过护照，迅速记下了他的全名和护照 ID，发给了悄悄。

他看着我做完了这一系列动作，脸上满是无奈地递给我另一个头盔。

“现在你放心啦。”

“没有办法。”我耸耸肩，接过他的头盔，戴好，跨上他的摩托车：“女孩子出门在外总是要小心一点的。”

他是好人吗？应该是吧，现在他所有的信息都在我的掌控范围内，就算他曾经有什么邪恶的念头，这一刻，他都会乖乖地选择做一个好人了吧，我心里思量着。

驰骋，小小骑着摩托车带我驰骋。披肩被风拉扯着，穿越黑得看不见轮廓的梯田，穿过比肩的寺庙，穿过海滩边繁华的酒店，跨越了大半个巴厘岛，来到了热闹非凡的酒吧街。

整个酒吧街上，最漂亮的那家叫作 Skygarden。

镁光灯下的 DJ 打着让人血脉偾张的调子，分不清肤色、分不清容貌、分不清国籍的年轻人们，爬上舞台，爬上桌子，将肉体扭动起来，碰撞、贴合，然后又倏忽间分开。

我有些不适应。

耳膜在剧烈震动着，可我已经听不清楚声音。穿过人群，在三楼的舞台后面，是一片空无一人的餐厅，我寻了一个角落坐下，俯身看去，海的夜景一览无余。海风吹来，喧闹的电音被吹到脑后，把我与身后彻底隔离开。

小小寻过来，靠着我坐下。

“不跳了吗？”

“嗯，我累了，送我回去吧。”

“这么晚了，外面不安全，别回去了。”他的一只胳膊突然

免费让我们搭便车的 *Hyman* 和他的父亲

伸过来，搂住了我。

“不好意思，我要回去了。”我没有被吓一跳，也没有激烈地甩他一巴掌，我只是慢悠悠地站起身，像拍灰尘一样拍了拍被他搂过的地方，然后笑着看着他。

“我喝了酒，不能送你了。”他说。

“那我自己回。”

“巴厘岛是一个应该恋爱的地方。”小小说。

这是《Eat Pray Love》里面的一句台词。

是啊，巴厘岛是一个不恋爱都可惜的地方。在温热的海滩边驰骋会让我的肾上腺素飙升，斑斓的肤色会让我们的目光迷离，一切都是该恋爱的意思。

听上去，真的是一次浪漫的邂逅。

迷情，失落，纵欲？

不，巴厘岛的海风吹得我很清醒。

小小始终不愿意让我离开，拉着我回到舞池，周围的人浪晃来晃去，我挣脱，站在原地，与他僵持。

舞池里的人们，纠缠着，扭动着，荷尔蒙迸发着。

“Hey，贝贝。”我听见有人叫我的名字。

一个顶着金色波浪卷的男孩拨开人群朝我走来。

是白天在海神庙遇见的澳大利亚男孩 Hyman。

这是另外一个故事。

早晨在 Green village 和小小告别之后，我们去了海神庙。临近傍晚，我们才晃悠悠地走出来。

库塔海滩与海神庙隔着好远的距离，让不会骑摩托车又舍不得租车的我们很是伤神。后来我们索性就在马路牙子边哀伤地坐了下来，直到 Hyman 和他的家人们出现，载着我们，迎着傍晚的夕阳，奔向大海。

我们穿过下班、下学的人群，穿过同样在驰骋的世界游人，我们在擦肩而过的时候，互相“Say hi”，在这梦幻的岛屿相遇问好。

红灯时，世界有着片刻的寂静。绿灯亮起，呼的一声，大家便像那千军万马脱离了缰绳。

巴厘岛没有高的建筑,所以从巴厘岛的每个角度都能看到落日。

我问 Hyman，我们为什么骑得这样快？

他说，因为我们要追上太阳。

海滩边亲吻的情侣

一个小时之后，我们追上了太阳。太阳正在海面上泛着粼粼的波光，在夕阳的注视下，我们在海边点燃了篝火，围着篝火跳舞。

等我回过神来时，Hyman 已经站在我的面前。

“好巧，原来你也在这里。”他笑着对我说。

张爱玲曾温情款款说过的话语，不经意间竟以英文的版本，传到我的耳里，一阵酥麻。

“有什么需要我帮助的吗？” Hyman 似乎感觉到我的疲惫。

“嗯，我正准备回家。”我说。

“我也正准备离开，我送你吧。”

Hyman 再次解救了我，像天使一样。

我拥抱了小小，轻声说了句抱歉，然后转身离开。

爱情若降临，我不拒绝。但我只要货真价实的爱情。

我们总容易入戏太深，微醺的海风是一个陷阱，可 24 岁的我并不想放纵，不论何时何地，我只想清醒地做该做的事。

我们不是在拍电影，而我也不想成为电影中的女主角。

回去的路上，巴厘岛的风微微有些寒凉，Hyman 脱下他的外套披在我的身上。我疲惫地伏在他的肩头一声不吭，只是想着，就这样一直开下去吧，开吧，开吧，一直往世界的尽头开，不要停下。

Hyman 叫醒我时，Ailsa 家的大铁门已经在我眼前。

他说：“保重。”

我说：“谢谢，你也是。”

然后我站在巷子口，目送他金色的头发在月光下泛着温柔的色泽，直至消失在我的视线尽头。

“昨天的碰面怎么样？”小巷的歌声又飘进梦里，悄悄在我身边醒来，问我的第一句话。

“说来话长。”我摇摇脑袋，起身下床。

打开手机，收到了小小的信息。

他说：抱歉。

后来呢？

Hyman 第二天便离开了巴厘岛，和家人继续云游四方。小小也从此断了联系，失散在天涯海角。

巴厘岛的海风依旧醉人，爱情的种子正在哪个角落里悄悄发芽，我无从知晓。

海滩，烛光晚餐

离开巴厘岛前，我们又去了一趟阿勇河边。不论外面的世界发生什么，裹着白色头巾的巴厘男人总是悠闲地扫着落叶，哗哗的声响，敲击得我心脏酥麻，如同海豚拍击。

不知道这一次又是谁住进了那片绿色的城堡，我思量着，然后转身离开。

原来这就是旅行啊，永远充满诱惑，充满选择，充满犹豫不决的沦陷，充满遥不可及的期盼，还有相遇和离别。

I hope you go with the flow and find the things that make you happy.(我希望你能顺其自然，找到让你快乐的事情。)

这是 Hyman 在 INS 上给我的留言。

“每个人在巴厘岛都应当恋爱”，大家都这么说。

可我也始终明白，一切梦幻皆是泡影，我们的人生路上充斥着太多泡影，需要我们学会拒绝，学会聆听内心真实的声音。

巴厘岛，感谢你与我的一切相遇，这一路，有我所爱，有我所不爱。我将继续向前走，Go with the flow。（顺其自然吧。）

DEAR. LIFE.
I. LOVE. YOU.

樱 花

贪恋
生命里的一切
美好，
惊喜，
还有温柔。

就像老来看到樱花飘落，
便觉得愈发爱你，
生活！

2.12 生活真的很苦吗？

一切生活皆是围城。

既然这个世界上有这么多种生活方式，似乎挣钱也变得没有那么重要了，那我们为什么还要辛辛苦苦挣钱呢？

那你能接受没有钱的生活方式吗？

好像还不能。他们那样也不错，可我现在这样似乎也没有那么糟糕。因为我还有很多很多事情想做。

那就先好好挣钱吧。

这是从印尼回来之后，悄悄和我的一段对话。

生活方式千千万万，你知道的有几种？

在雅加达，我们认识了满背纹身，与我们同龄却已经饱受生活煎熬的 Paul；我们还遇见了优哉游哉享受生活的印尼人。

仿佛生活就是一个围城，而我们不过是从一个围城，走进了另一个围城。

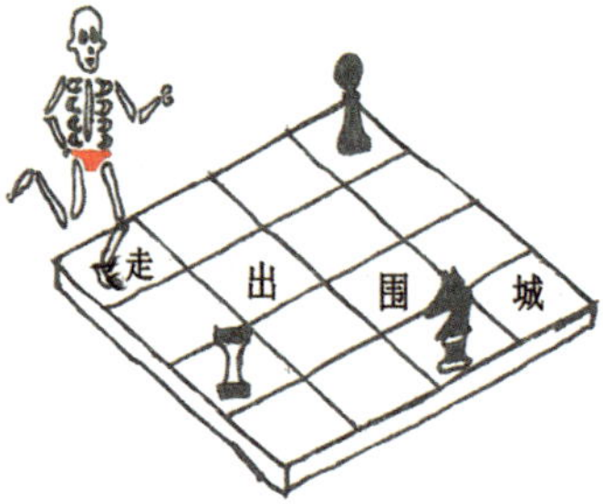

23 岁的千万富翁

在雅加达的时候，我们住在一个漂亮有情调的青旅里，在那里我们遇见了一个年仅 23 岁的千万富翁。

他是我下铺的小伙伴。

他每天睡得早，起得晚。第一晚入住的时候，我只看见他的两只脚，露在帘子外面。

长得太高，有时也是有点烦人啊。

第二天傍晚我们回房间的时候，终于遇见他。他光着膀子，露出一身漂亮的纹身。

后来他坐在客厅的地板上，一边喝酒，一边收拾东西。我们走过去，和他一起坐着聊天。

他叫Paul，今年23岁，比我们还小，美国人，没有上过大学。18 岁的时候，他的父母将他赶出家门，从此一个人开始艰难地生活。

后来，一个偶然的机会，他发现大麻可以治疗和缓解一些病症，满足一些不想依靠化学药剂只想用生物技术治愈的患者的需求，于是他创立了一项大麻产业。Paul 凭借着这几年的品牌创立和研究，在 23 岁前，已经变得非常富有。

然后，他却突然决定卖掉他在加州的大麻产业（美国加州大麻合法），开始周游世界。

他说，余生他都不打算再工作了，之前的积蓄已经足够他就这样浪迹天涯。

“真的很苦，真的很苦！”讲故事的时候，他坐在地上，拿着酒瓶一直重复着这句话。

他有点醉了，明明还很年轻，却已经带着一种阅尽沧桑的忧伤。

没法想象在我们还懵懵懂懂的 18 岁，他是怎样一步一步走过来，熬过人生的艰难，打拼、积累财富，然后又毅然放下一切的。

我们能听懂他的故事，却永远无法感同身受。

但他的那句好苦好苦，倒像是说出了我们许多踽踽独行人的心声。

只不过，许多人穷尽一生，都没有办法积累到像他那样的财富。

讲故事的时候，他从行李中掏出了很多牙刷肥皂，说准备发给那些坐在路边的人。

大概是曾经体验过生命的艰难，所以才对众生充满了怜悯。

但是，那些坐在街头的人，真的需要怜悯吗？

我不知道。

慵懒的印尼人

后来，在印尼慢慢地旅行了半个月，走过了印尼的大街小巷。和雍容华贵的穆斯林阿姨们在同一个高端商场里吃过火锅，也曾穿过恶臭的小河和硕大的老鼠在凌乱的小巷子里并肩行走。很多人都问过我们，印尼是不是反华很严重啊？坦白来说，真的一点也不啊，相反，我们俩简直享受到了如同明星般的待遇，以至于

路边坐着卖泡面的阿姨们

雅加达街头的交通

差点产生了要在印尼出道的冲动。当我们走在街上的时候，不论是警察、路人，还是老人、小孩，都会害羞而又真诚地走过来想要拍张合照。到现在我的 Facebook（脸书）上还有很多印尼的好友在关心我们的行程，虽然我根本记不清他们谁是谁了。

在印尼，大家似乎都有一个小生意，似乎都没有什么钱，似乎也都挺快乐。

拎着一个水壶和几桶泡面，一群人在马路牙子边上随意一坐，也算是一桩生意。也不招揽，就坐在那里，看看人来人往，等着生意上门。有一天我和悄悄走了很久都没有找到吃的，实在是太饿了，就花了 10000 印尼盾，大概 5 块人民币，一人买了一桶印尼风味的泡面，就着他们的热水，蹲在他们旁边吃。不一会儿就有好几个穿着厚实工装夹克的摩托车司机停下来，买了泡面坐在我们旁边，他们有的是深绿的 Grab，有的是浅绿的 Gojeck，还有的是黄色的 Uber。我们就这样五颜六色的蹲着，一起就着摩托车扬起的尘土哧溜哧溜地吃甜甜的印尼风味泡面。

印尼的交通很混乱，很多地方没有人行道、没有红绿灯，过马路全靠胆量，以至于没胆的我们经常等半天过不了马路，直到有好心的司机直直地在我们面前停下。因而，我们在雅加达的街头也经常看到年轻人在街头指挥交通，然后挣一些小费。之前认识的一个印尼男孩说他和他的小伙伴以前也做过这样的工作，四个人轮班，一天下来，也能挣几百人民币，这也算是一桩生意。

在印尼的街头，你可以看到各种各样的小吃摊。小吃摊后面，印尼人脱了鞋，端着碗，盘腿坐在铺在路边的蛇皮袋上，吃着 Bakso 聊着天，旁边摩托车甩着尾气呼啦啦地开过，脚边的臭水沟散发着无法忽略的气味。

再往前走一点，你会看到一大群年轻人挤挤攘攘地坐在街角，黑压压的一片。最中间的人拿着一把吉他，其他人就围在他的身边，连蛇皮袋都不用，就地坐着唱着歌。

有一晚，我们俩像其他印尼人一样盘腿坐在街边的蛇皮袋上吃东西。一个年轻人从旁边的墙角跳下来，走到我们身边，递过来一个用 1000 印尼盾折的爱心，作为交换我们给了他一张 1000 印尼盾。没过一会儿，他又递过来一个爱心。我们问他为什么坐在这儿叠爱心。他特别自豪地说，因为他喜欢叠东西，只要他想，他就会坐在这里，叠他想叠的任何东西。

只要他想，他就会坐在路边，只是为了叠东西。

这根本不是什么行为艺术，他完全就是随心所欲。

看着臭水河发呆的老大爷

“印尼人很懒散，他们的工资大部分都是周结，今天领完工资，有可能明天就不来上班了，等到钱花光了才会出现。他们做事特别慢，跟他们做生意，会把你急死。”

刚到印尼的时候，一个在印尼做生意的中国大哥，是这么跟我说的。

我想他说的大概没错。

但是 Paul 不知道，我们刚开始也不知道，长久以来，我们的世界观和价值观督促着我们去追求的生活方式与他们的不同。所以我们觉得没有以这种生活方式生活的人们都需要帮助和怜悯。

直到我们站在印尼的街头，看着那些躺着坐着的悠闲的人们，才意识到，哦，原来生活没有那么极端。

那些你紧紧攥住的东西，如果有一天被你弄丢了，生活也不会变得特别糟糕。

你可以去追求你想要的生活，但是别让生活绑架了你的快乐。

有人在简陋的生活里自得其乐，也有人在富庶的梦里努力前行，各有各的快乐和辛苦。

我们不快乐，是因为我们总是吃着碗里的，想着锅里的。

选好了，就坚持。如果有一天，你感到撑不下去了，放轻松，还有 1001 种快乐的方式在等你。

每一种生活，你都可以快乐得心安理得。

生活真的很苦吗？

嗯，但好像也没有那么糟糕！

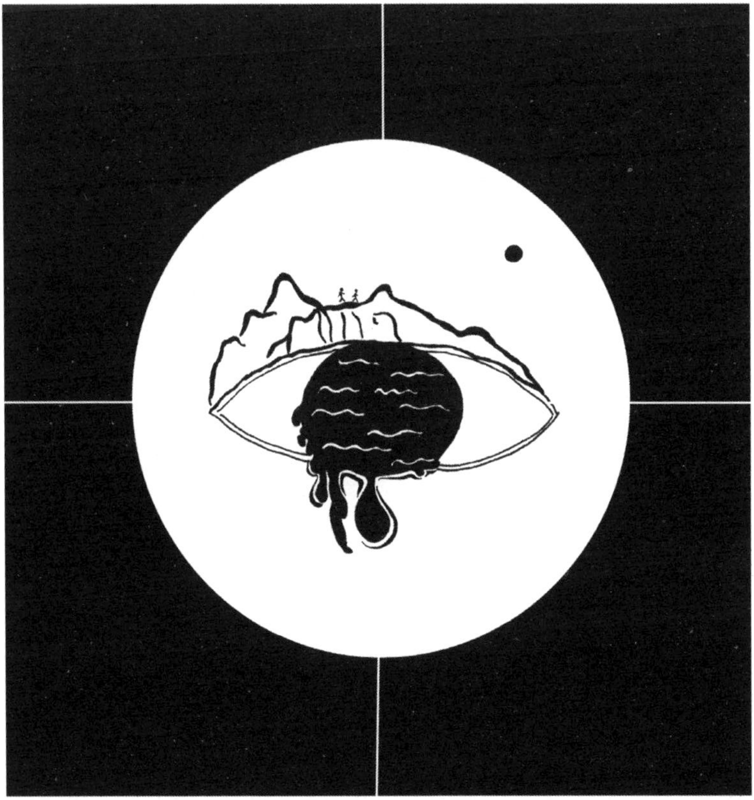

说不哭是不可能的，
但哭过之后我们总能继续远行

老实说，我

们都是努力学习坚强，却还是

会经常掉眼泪的人。谁还不曾因

为这样那样伤心的事，而崩溃大哭

过呢？但我记得小时候张韶涵的一

首歌里这样唱过：“成熟不是心

变老，而是泪在打转还能

微笑。”坚强不是不哭，

而是哭过之后，还

可以重新上路。

2.13 今年，我们 24 岁

写下这些片段的人，在重新踏上这片土地的时候就已经死去，

我们，已经不再是我们。

抵达雅加达的时候，才发现旅行就快要结束了。

迎面而来的陌生人，就像扑面的海风，吹散了我本命年凌乱的记忆。而那些曾经让我疲惫不堪的芝麻小事，却早像巴厘岛海滩上的沙粒一样，不见了踪迹。

真好啊，心情平静得如同暮色沉寂。

而这一年，我们 24 岁。

在我 23 岁的时候，曾有一位男性前辈对我说，女生过了 25 岁，就开始走下坡路了。

走下坡路是什么意思啊？是说颜值，工作能力，还是社会价值？

我没懂，但是，这句话说得我毛骨悚然。

后来，我 24 岁，身体里的狂妄和躁动因子彻底爆发。

24 岁，我觉得自己还很年轻，我还是一个充满野心和活力的文艺女青年，我觉得一切都还充满着希望。

可同时，我也开始感觉到惴惴不安。那个所谓的 25 岁，像一个 Deadline（截止日期）一样，提醒着我，有些事情正在日复一日中慢慢消亡。

人生开始变得复杂，渴望爱而不得，梦想也走失得无影无踪。

除了迷茫，除了焦虑，无所适从。

不行，再这样下去，我会精神分裂的。我对自己说，我得去看看这个世界其他角落的女孩子，他们都过着怎样的生活。或许，这样我可以多一些迷茫的选项，或许，这样我就可以更平静地对待我的生活。

好在，我真的遇见了，我们的 24 岁。

热情的古晋沙发主

我喜欢那种在异国他乡被友好的陌生人像家人一样照顾的感觉。

第一次见 Belle，是我们和她的爸爸妈妈一起在机场接她。

听上去很奇怪，可是没错，是我们和她的爸爸妈妈在古晋的机场接她。

因为她恰好在那一天结束印度的旅行回到古晋，所以她接受了我们的睡沙发请求。她的父母去机场接她之前，顺道去青旅接上了我们。

来自马来西亚东海岸中产华人家庭的 Belle 性格非常开朗，初次见她的时候，觉得她就像一个带着海风气息的夏威夷女孩。Belle 的家很大，庭院里种着胡椒树，还养着产蜜的热带小蜜蜂。她的父母热情可爱，当他们一家人在一起的时候，温馨甜蜜得让人感动。

热爱旅行的 Belle 如今还只是一个大三的学生，她经常在休假的时候，去各个国家穷游，当沙发客。她的房间里贴满了她在世界各个国家旅行的照片。这一次，她是我们的沙发主。晚上，她和我们一起聊天，给我们讲了一个关于信任和交流的故事。

一年前，有一个印度老人到了古晋，通过 Couchsurfing 给她发送了喝一杯咖啡的请求，她不顾众人的反对，跑去一家咖啡馆和那个印度老人见了面。原来，那个印度老人的妻子刚刚去世，老人因为伤心，独自出来旅行。在陌生的城市，他想找一个人聊聊天，所以向一些当地人发送了请求，最后，只有 Belle 去了。

那一天，在那个咖啡馆里，63 岁的印度老人，向当时只有 23 岁的 Belle 讲了很多关于自己和妻子的故事。

后来，老人回国，邀请 Belle 一家人去印度旅行。印度老人的家很富庶，家里有佣人照顾起居，出门也不让 Belle 他们花钱。她说："我喜欢那种在异国他乡被友好的陌生人照顾的感觉，真的是，在一个从没去过的地方，却被人家像家人一样对待。"因为这样，她以同样的真诚接待了那个孤独的印度老人，也以同样的真诚接待了正在旅行中奋力行走的我们。

后来，我们去机场，她送给我一条古晋风味的项链，当我们的护身符，然后给了我们一个大大的拥抱。

拥抱完，她看着我说，有没有感受到我的正能量正在源源不断地传输给你啊？

有！我很坚定地看着她，然后笑了。

贫民窟里的漂亮女孩

上帝给了她一个贫困的家庭，同时也给了她如花似玉的容貌。

"贝贝，这里不会是贫民窟吧？"悄悄小声地问我。

我和悄悄拎着行李在 Lily 居住的小巷里行走，硕大的老鼠和我们并肩穿行。

Lily 是一个很美好的姑娘，第一天晚上，我们去别的城市玩，半夜很晚才回去，她很担心，跑到巷口接我们。第二天，带我们去她的学校，去海边。一路经历了这么多沙发主，她是最主动最热情的一个。

晚上回去之后，我们三个人挤在她那张小小的床上，听她讲她的故事。

她的妈妈多年前就去世了，有一个同父异母的哥哥，后妈对她很不好，她的爸爸在外面还有情人。她已经毕业了，可是还欠学校一笔学费，爸爸不愿意给她交，她就问她的意大利男朋友要，男友已经把钱给她打过来了，大概有 1000 多人民币。

她说，以前她的房间很破，东西到处都是，她自己都睡在地上。后来她的阿根廷前男友给她的房间刷了墙，还给她买了床。是的，整个房子里，只有 Lily 睡觉的房间，墙是干净的，也只有 Lily 的房间里有床。

她说，以前有一个巴基斯坦人想让她做他女朋友，一直想说服她去巴基斯坦和他一起生活，她总是不拒绝也不反对。后来当她没钱花的时候，在跟他男朋友要之前，会先跟这个巴基斯坦人说。

“他总是说，哎呀，你应该自己学会挣钱啊，要不然你将来到我这边怎么办啊？”Lily 说：“难道我去了他那边之后，他不应该给我钱吗？我在那边什么亲人都没有，他不应该照顾我吗？”

聊天的时候，她在 Couchsurfing 上又收到一个喝咖啡的请求。她说，我打算接受这个请求，可以见见面聊聊天。

我们问她，为什么会 Host（接待）别人，她说：“因为我没有朋友。”

我们问她，毕业之后想要干什么，她说：“结婚。”

她是穆斯林，可她不祈祷也不戴头巾；她很爱拍照，也很上相，她的 INS 上，每天都是她的自拍照。

聊天的过程中，她提到最多的，是钱和男友。

她很真诚，真诚到我不忍心反驳，不忍心说一些女儿当自强的大道理让她难堪。

直到今天，我才明白，很多时候，我们根本没有资格指手画脚别人的人生。因为每个人的人生都是那样的不同，你从不知道他们经历过什么，承受着什么；你从不知道，很多时候，大道理只是一种道理，它并不能让生活变得简单快乐。

上帝给了她一个贫困的家庭，同时也给了她如花似玉的容貌。

如果是你的话，你会怎样挣扎着去改变自己的人生呢？

原本只打算在 Lily 家待一天的，但是看到 Lily 的眼神之后总不忍心说离开，想帮帮她，却发现自己无能为力。

后来为了赶飞机，我们从 Lily 家搬去了离机场更近的地方。走的那天，我们把 Belle 送给我们做护身符的项链留给了她。同样都是 24 岁，相比于我们，也许她更需要祝福和保佑。

每个人的生活，都是一座围城，我们不过是个过客，终究无法感同身受，但我们感激她的善良和真诚，因此内心真挚地希望，她会幸福，好好的幸福。

24 岁的越南女孩 Rachel

There is no right or wrong , things just happened as it is .

（事情就这样发生了，没有什么对与错。）

从 Lily 家搬走后，住在离机场近一些的青旅里。

那天，肚子饿，跑去厨房下面条，正好遇见 Rachel 在水池边洗碗。

两个人相视一笑。

旅行中养成的习惯，对身边的人总是习惯性地问好。

然后，学商务英语的 Rachel，便以一口流利的英语跟我讲了她的故事。

大学毕业之后，她在学校当了一年的英语老师。因为倦于枯燥乏味的生活，她申请了新西兰一年的打工签证，跑去新西兰一边摘果子收拾农场一边旅行。

“不到一年，我就已经把新西兰转了个遍。”她说，“我可以选择继续生活在那里，可是，那里的生活一切都太容易了。”

因为生活太过容易，所以她选择了离开。离开之后，她回到了越南，在家待了六个月，把专业知识从头复习了一遍，然后申请了德国的研究生，还有澳大利亚的工作签证。在等待结果的那几个月里，她选择了继续旅行。

“后来有一天，我在旅行的过程中，接到我妈妈的电话，她告诉我，我的研究生申请通过了。又过了一段时间，我的澳大利亚工作签证也下来了。”

“There is no right or wrong , things just happened as it is .”她说。

事情总是这样,你走出第一步,一切就这样顺其自然地发生了。

印尼旅行结束后,她就会去澳大利亚一个政府职能部门工作。这些工作经验一点一点积累起来之后，她最终会去申请联合国的工作。

“世界太大了，这样我就可以一点一点走完所有的地方。”她笑着说。“我很享受自己此刻的自由，所以我目前也不打算谈恋爱，自由自在的，多好。”

24 岁再见

爆发吧，你的小宇宙。

---

24 岁，走了一遭，同样的年纪，有的女孩，放弃了容易的生活去寻求挑战；有的女孩，挣扎着想要摆脱艰难的人生。

24 岁，生活或难或易，却始终对生活充满了向往，像个真诚的孩子。

24 岁，我和悄悄，终于在这场跌跌撞撞的旅行中，找到了曾经被我们弄丢的东西。

这个东西叫作：梦想。

那是我在所有的同龄人眼中，看到的光芒。

历史上，24 岁那年，古巴革命领导人切·格瓦拉也和我们一样正在旅行，他驾驶着一辆老掉牙的破摩托车跌跌撞撞地沿着

ANDRIE
POLRI

世界和平，于印尼首都雅加达热闹的街头

安第斯山脉穿越整个南美洲。旅行中，人民的贫穷与苦难，深深地刺痛了他，革命的种子悄悄萌芽。

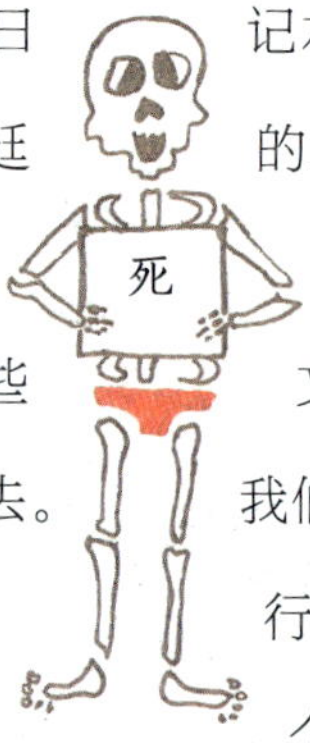

后来他在自己的日记本中写道：写下这些日记的人，在重新踏上阿根廷的土地时，就已经死去。我，已经不再是我。

而如今，写下这些文字的我们，在重新回到曾经的围城时，也已经死去。我们，已经不再是我们。

毕淑敏曾说："旅行，特别是生命早期触及灵魂的旅行，常常会决定一个人一生的走向。"

回来之后，常常有人问我们，听说印尼反华情绪很严重，你们在那里有遇到什么危险吗？我们总说："天哪，我们在雅加达的时候，感觉都要幸福得上天了。不管是士兵、街头少年，还是孩子们，都特别热情地和我们打招呼，拉着我们合影。"这个世界真的比我们想象的要美好很多，真的，去看了，你就知道。

24岁，一场触及灵魂的旅行就这样结束了，那种感觉真的不知道该怎么形容，重生？没那么夸张，成长？似乎也没那么简单。

我只能说，我们做了一件在这个年纪恰到好处的事情。出发之前，我几乎放弃了一切，等回来的时候，我多了三样东西：

一份经得起考验的友情；

一个经得起苦难的躯体；

还有我们的梦想。

出发之前，我的内心还曾有些犹豫和害怕；此刻，我却已经可以很肯定地说，一切都是最好的安排。

我们没有因为这次旅行，而腰缠万贯，名扬四海。但我们知道，有些变化正在我们的身上悄无声息地发生着。我们所经历的一切，都将在往后的岁月中，沉淀下来，滋养我们的灵魂。

法国的浪漫主义作家夏多布里昂说过："每一个人，身上都拖带着一个世界，由他所见过、爱的一切所组成的世界。即使他看起来是在另外一个不同的世界旅行、生活，他仍然不停地回到他身上所拖带着的那个世界去。"

所以回来之后，我们决定将我俩的经历写出来，向你们展示我们身上所拖带的那个真诚的世界。不论走多远，终究要回到的那个世界。

等这本书真正出版的时候，我大概已经 25 岁了吧。曾经在时光的流逝面前，急得像热锅上的蚂蚁，怕自己太笨，怕自己太懒，怕自己做得不对，怕自己一辈子穷困潦倒。

但现在却早已没那么在乎了。因为我终于明白，迷茫这种事，从来都不是 24 岁人的专享。人生的每一个年纪、每一个关口，大家都在纠结着、挣扎着，惧怕一些改变，想要留住一些美好。

关键是，此刻的你是否认真地活着，坦荡地活着。

曾有科学家说：宇宙其实在不同的尺度上有着惊人的重复性结构。哪怕是原子这样极小的体系，当它处在一个非常高的激发状态时，它的各种结构数据便与太阳系无异。因而，其实我们可以认为，原子本身就是一个“小宇宙”。我们的宇宙就由千千万万个“小宇宙”组成，而它反过来又和千千万万个别的宇宙组成更大的“宇宙”。

而我们就是这个世界的原子，相比于整个太阳系来说，极其渺小，但我们的体内都蕴含着极大的能量，等待被激发。

别妄自菲薄，记住，我们也是一个小宇宙。

还记得开篇时，曾提到的这句话吗？

“我希望你过一个感到骄傲的生活。要是你发现你过得不好，我希望你有力量，重新再活一次。”

不管你曾24岁，正在24岁，或者即将24岁；不管你读这本书时，正处在人生的什么阶段，我都想把这句话送给你。

这一生还很长，我们的能量需要不断迭代。但总有一天，你要给你的小宇宙一次爆发的机会，就像雅典娜的圣斗士们一样。

但会是哪一天呢？我们也不知道，且看着吧。

How is your 24?
12
9
3
6

臧克家说："有的人活着，但他已经死了。"

24 岁的我们灵魂已死吗？

PART 3

陌生人实验

到 2019 年的时候，全世界的人口大概有 80 亿了吧。

这几年的朋友都在朋友圈里，包括家人，大概有 2000 个；

再加上那些不在朋友圈的人，

满打满算，4000 个了不得了。

除了这些以外，剩下的都是陌生人。

近 80 亿的陌生人。

有些陌生人，有可能就在办公室的另一头，和你穿着类似的衬衫，操心着相似的问题。

而有些陌生人，则有可能在世界的另一头，以你完全无法想象、甚至无法理解的方式生活着。

这就是生活。

那么丰富多彩与不可思议。

而我们却甘于那两点一线，一成不变。

打不开自己的心，也敲不开别人的窗。

旅行，在异国他乡，离开了熟悉的朋友，便是一场陌生人的实验。

除了一路做沙发客、搭便车之外，我们还借用一些工具，去做了一些别的尝试。

例如，邀请全世界的人，去为我们录制一段加油视频；（视频详见贝贝、悄悄的公众号）

例如，用相机给路上遇见的帅哥美女们拍照；

例如，和遇见的旅客交换礼物；

例如，每到一个城市，首先去参加一场当地人的 Party。

我们试图以这样一些简单的方式，去走近路上的陌生人。我们不期待能拍出多么惊世骇俗的照片，也不奢望能用一个回形针去换一个房子。我们的目的很简单：去试试看，去打个招呼，去提一个请求，然后等待这个世界的回应。

刚开始我们也害羞，也胆怯，也害怕被拒绝。但好在我们俩彼此鼓励着迈出了这一步。

这一步，对于摄影界，或者行为艺术界都不算是什么，但是对于我们俩来说，却有着格外的意义。

因为这一步，让我们切实地感受到，我们终于被这个世界温柔地接纳了。

3.1 我在全世界看帅哥美女

毕淑敏说："人们想要做一件事的缘起，一定是因为早前埋下了这样做的种子。"

之所以想要去拍摄全世界的帅哥美女系列，缘起于早些年看过的一组女性摄影师在全球旅行中拍摄的各国美女的照片。当时那个摄影师拍摄这组照片的目的是为了打破审美的狭隘，普及审美的多样性。

感官的享受自是其中一个方面，但我们更多想要满足的，其实是自己交流的欲望。想要通过这个行为去证实，世界那么大，但人与人的距离是可以被一些温柔的行为打破的，不分性别，不分年龄。当我们终于能放开自己，克服所有不必要的心理障碍，

搭讪中的我们

例如羞涩、例如矜持，勇于主动地表达善意，就会有意想不到的收获与成长。

而执行这件事的方式也很简单，我们走到哪里，谁让我们眼前一亮，我们就会走过去，直截了当地问：“你好，可以为你拍一张照片吗？”

你所热爱的东西，总会在一些关键的时刻派上用场。

例如此刻，摄影便是我们敲开异国主人公故事之门，建立与他人之间联系的一扇窗。

这样的拍摄过程总是充满美妙，这个时候，我终于也可以像模像样地做一名摄影师了。

摄影之后，我们还会聊天，了解彼此的故事，会把拍好的照片发给对方去看。文化、国度、种族的隔阂，在那一刻荡然无存。有时候发现世界就是这么简单，只要你具备了这样一些元素：勇气、友善与尊重。

不要害怕，当你一开口，没那么多人会拒绝你的邀请。

至少没你想得多，至少还没有人拒绝过我们的邀请。

月光下的阿拉丁

那天晚上，我们俩赶往 Blue boy 酒吧。突然我停下脚步往回走，悄悄疑惑地跟上来问怎么了。

我说：“我觉得那个端盘子的服务生好帅！”说完，我想都没想就一个箭步冲了上去，“您好，请问能给你拍一张照吗？”

“Why?”（为什么？）那个又高又大的美男子眨着灰色的瞳孔面带羞涩地问道。

“因为你是美男子呀！” 美男子开心得大笑起来。于是有了我们的第一张照片：来自叙利亚的中东美男子。

这时，悄悄拉拉我，说：“你有没有觉得旁边那个小男孩特别像阿拉丁？”我转过身去，完全被他的异域五官所吸引，确实很像拥有神灯精灵的阿拉丁。

“你好，能给你拍张照吗？”

“可以。”阿拉丁微微一笑，朝我走近。少年的睫毛强烈地拨动着我的好奇心，“你是来自哪里的？”

“我来自中东的黎巴嫩，我们很喜欢中国人。”少年机智地补充一句。拍完照，我们继续聊天，原来他是来自黎巴嫩的战争难民。全家人因为战争流离失所，父亲死于一次恐怖分子的轰炸袭击。目前他的妈妈和哥哥申请澳大利亚战争移民成功，而他正在申请签证，在等待的这一段时间里，他不得不在阿拉伯餐厅打工维持生计。以前总觉得战争离我们那样遥远，却在那一刻发现一切其实就在我们身边。平静的生活来之不易，我们真的应当好好珍惜。

超模的世界

拍摄了这么多帅哥，没想到竟然会遇见一个非常具有镜头感的职业模特。这时候，我突然觉得自己的拍摄技术已经 Hold 不住人家的气场了。

那天，我们在印尼最豪华的商场 Grand Indonesia 的地下超市买食物。Luka 和他弟弟恰巧站在我们前面结账，长长的脏辫，有个性的古着，一身自由散漫的气息，让我眼前一亮。

他们结完账，便在旁边找了一个桌子坐了下来。我和悄悄对视了一眼，悄悄二话不说，便端着买好的食物，径直坐到了他们的跟前。Luka 抬起头，感到非常迷惑，还不等他问，悄悄便直截了当地开了口。

来自叙利亚的中东美男子和“阿拉丁少年”

“你好，我们来自中国，可以允许我们为你拍一张照吗？因为我们觉得你的外形非常酷。”

“Sure(当然)！”听完我们的解释他笑了，然后便立马换上一副超模独有的睥睨天下的表情，毫不羞涩，开始在镜头跟前展示自己。

Luka今年才20岁，还只是一个学生，但已经为很多品牌拍过时尚大片。他还给我们介绍了印尼首都很多小众艺术聚会的活动，让我们后来的印尼生活也变得更加有趣了起来。

Luka

陌生的国度两次在街头相遇的有缘人：荷兰帅哥 *Jim*

来自比利时温柔的 *Max*

来自印尼的阳光男孩 *Tuhan*

来自埃及的 *Ahmed*

印尼机场等飞机时拍下的空帅

正在为我们演奏的沙发主 *Aaron*

来自印尼的政治候选人 *Ardi*

吉隆坡街头玩花样足球的少年

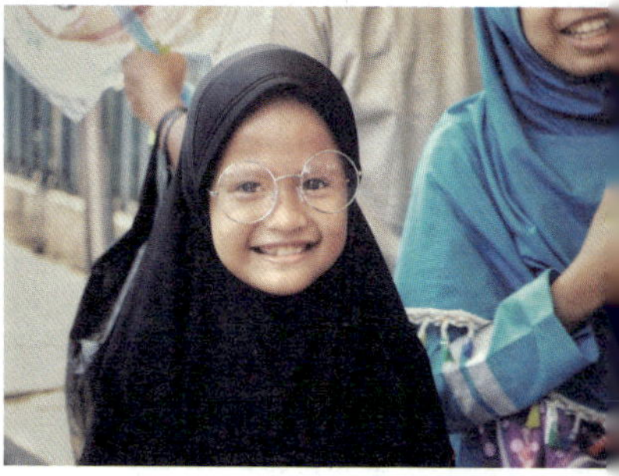

雅加达，一同等公交车的印尼小女孩

Eden 的妻子，16 岁的印尼女孩

来自摩洛哥的 14 岁女孩

雅加达街头热情的学生们

Blueboy 酒吧前台，漂亮的 *Ladyboy*

吉隆坡街头正在纹身的美女

我们的巴厘岛沙发主 *Ailsa*

吉隆坡街头的印尼姑娘

身着巴厘岛传统服装，
正在参加巴厘岛美女竞选的 9 岁印尼女孩

我们和印尼街头的孩子们，五颜六色的头巾像梦一样

阿拉丁奇遇记

这幅画的灵感来自于

“我在全世界拍帅哥”系列中那位来自黎巴嫩的男孩。

虽然他是战争难民，

但在我眼中，

他就像满怀希望的阿拉丁真人一样，

在吉隆坡的月光下，

带着我们走入一场神奇的旅行。

3.2 一个别针交换一所房子的故事

不知道你有没有听说过这样一个故事：一个外国的年轻人突发奇想，经过 16 次物物交换，最终用一枚红色回形针换到了一栋房子。这个故事深深地吸引了我，因为它充满了不可预测的各种可能性，你永远也不会知道你的下一个礼物是什么。但与这个外国年轻人不同的是，他在网站 Craglist 上进行物物交换，而我们准备在旅行的途中随机地与人交换。

就这样，我们带上了我们的小礼物上路了。

有时，你决定去做一件事，不是因为它能带来多大的结果，而是它的趣味性。

它会给我们带来什么呢？从启程开始，我就在脑海中一直幻想着我们这个小东西的命运。它真幸运，被我们带着到处旅行，接着又将被其他国家的旅行者带着到处旅行。它最后会到哪个国家呢？要是技术允许的话，我恨不得给它加个 GPS 定位系统。

而我们呢，会得到哪个国家的礼物？它们为什么会被带到这里？

从“我在全世界看帅哥美女”到“旅途物物交换”，这些点滴让我们的旅行好像充满了说不完的故事和惊喜。

第一件礼物：荷兰小酒瓶

那天，我们在塔曼尼加拉国家公园的野营地散步，远处有两个飞奔的小孩。帐篷那边探出一个头来，“Hey, are you from China?”（嗨，你们来自中国吗？）

“嗨，是的！”这就是我们与荷兰家庭的相遇。

他们一家四口人来到马来西亚旅行。两个孩子学习中文，因此跟我们格外亲切。荷兰妈妈一脸自豪地告诉我自己的小儿子在学校中文成绩斐然。小儿子 Cas 对我们说，他的中文名叫“漱口水”，我和悄悄听完就愣住了，这一定是在逗我们吧。

小男孩说，这是他们学校的中文老师给他起的名字，意思是博学多才，有很多学问。经过我和悄悄仔细推敲，才意识到，他的中文名字其实应该叫“徐阔学”，一不小心就会发音错误。不过看到他那么认真地用中文给我们介绍他的家人，心里头感到很

物物交换

是自豪呢。

在邀请这一家人帮我们录完加油视频后，悄悄对荷兰家庭的妈妈说：“我有一个想法，不知道你们愿不愿意参与。我想跟你们进行物物交换。我有一个西藏铜勺，你愿意跟我交换吗？”小儿子“漱口水”一听，高兴得跳起来！赶紧跑回帐篷，拿回来一个小房子摆件一样的物件。“姐姐，我有一个小房子，我爸爸妈妈在荷兰航空工作，这是航空公司发给头等舱客人的礼物。这不是一个普通的瓷房子，这里面是荷兰的酒，你可以打开喝的。我们还没喝过呢。”

这就是这个小房子的来历。我特别喜欢别人向我讲述一个东西的来历，感觉就像是进了一个世界博物馆一样，馆中的每一件物品都有它自己的故事，值得被郑重介绍。

我们带着这样的仪式感很郑重地交换了彼此的小礼物。荷兰妈妈也对我们的西藏铜勺爱不释手。对于她来说，东方西藏一定也是一个遥远而神秘的存在吧。

带着小房子上路后，我们到了东马来西亚：猫城古晋女孩 Belle 的家。这个阳光爱笑的女孩是我们的沙发主，同样的年纪，同样热爱旅行。我们将小房子拿给 Belle 看，告诉了她整个事情的来龙去脉。

“等一下，我有一个好东西！”Belle 跑回了自己房间，然后拿出了一条很有特色的项链。“你们看，这是砂拉越的特色项链，是曾经我去一个部落，那里的人送给我的。这种风格的项链只有砂拉越才有。你带着它去马来西亚任何地方，大家都会知道你来过我们砂拉越。而且项链具有很大的正能量，可以保佑你们平安、健康。”

后来，这条项链，被我们留在了雅加达女孩 Lily 的枕头上。

故事正如前面所讲， 相比于我们，Lily 更需要祝福。因为精力有限，我们未能去进行更多物物交换的尝试。

但我们已经很享受这个过程，我们从未期待过最终会有什么东西留在我们手中，但我们希望自己可以为这个过程赋予更多的意义。那些不过是生活中平凡可见的小东西，但是当我们赋予了它们更多的意义之后，它们似乎也能带给我们更多的快乐。

我们不知道“漱口水”的中文是否越来越好，我们不知道 Belle 后来又去了哪里旅行，我们也不知道 Lily 有没有收获她的幸福。但我们知道，这些和我们一样敞开了怀抱拥抱世界的人，将带着我们的祝福，分散在这个世界的各个角落，好好地生活。

Light

Light the candles

Like lighting strangers’ faces

And hearts

With no fears

我们点燃蜡烛

点亮这一路以来萍水相逢的

陌生人的

脸和心

无所畏惧

PART

4

多好啊，我不光遇见了世界，还遇见了你……

泰戈尔曾说："爱情意味着，两个人就是世界；而友情，则是两个人和全世界。"

所谓自由，不是抛妻弃子，不是诗与远方，而是在欲望与舍弃之间找到平衡，不为欲望所负累，也不因不舍而痛苦。

而所谓友情，就是当我思考人生的时候，当我纠结不定的时候，她会在我身边，把我的不堪看在眼里，为我所有的前进开心不已。

从前我和悄悄都是一个人旅行。我们不得不承认，我们一个人旅行，大多数时候并不是因为享受孤独，而是因为没有勇气去信任一个人，没有勇气去和一个人同行。

但是当我看到她在自家阳台的屋顶上随手画的星空，当我看

3
Peron
4

红与蓝，于印尼火车站

到她在青旅里旁若无人地放声歌唱，当我看到她在海滩边肆无忌惮地动情舞蹈。那一刻，悄悄在我的眼里是发光的。

悄悄说，我们的坐骑是一只调皮的黑猫，当我们凯旋时，它会踩着七彩祥云来接我们。

这些年，我们陪伴在彼此的身边，日日夜夜说着一些或搞笑或真诚的话。有时回头翻看，仿佛我们走的每一步，每一个迷茫的夜晚，每一个想通了的道理，都写在我们的对话里。我们还年轻，我们身上还残留着太多青春的毛病，我们幼稚、天真，容易急躁，还特别爱做梦。但我们身上也有着直面迷茫、敢做敢当、真实生活的勇气。

我们越来越了解自己，也越来越了解彼此，我们无法给未来一个答案，但我们愿意把我们所有的思考都告诉你。

生活经不起虚构，每一步都得自己去走，愿你能遇见世界，也遇见最好的自己。

致贝贝：

“愿你有高跟鞋也有跑鞋，喝茶也喝酒。

愿你有勇敢的朋友，有牛逼的对手。

愿你对过往的一切情深义重，但从不回头。

愿你特别美丽，特别平静，特别凶狠，也特别温柔。

愿你做个野姑娘，酷酷生活。”

——悄悄

致情情：

你是精灵，是女巫，是吉卜赛女郎；

你骑着黑猫，在风高的星空下，熠熠生光。

别害怕，有我在，不必把那些无趣的人放在心上；

岁月漫长，我会一直陪着你，骑马喝酒，仗剑走四方。

——来自贝贝

4.1 悄悄语录

10月11日

万圣节

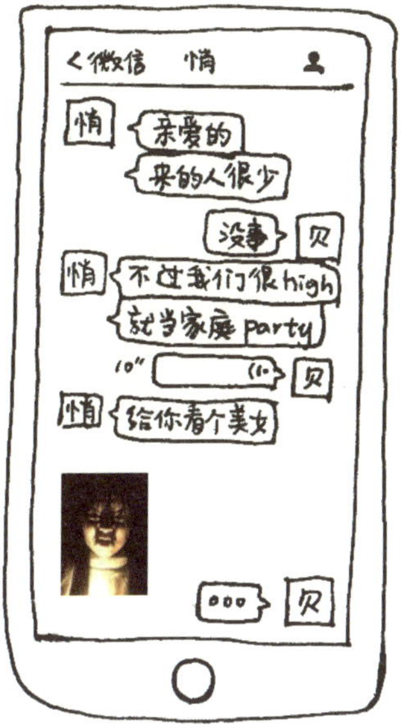

10月15日

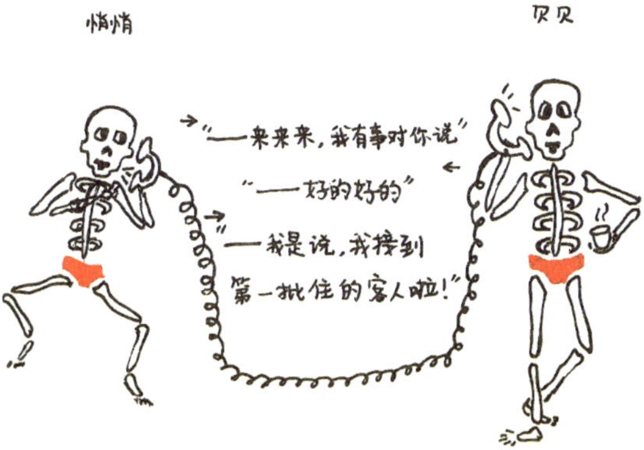

11月11日

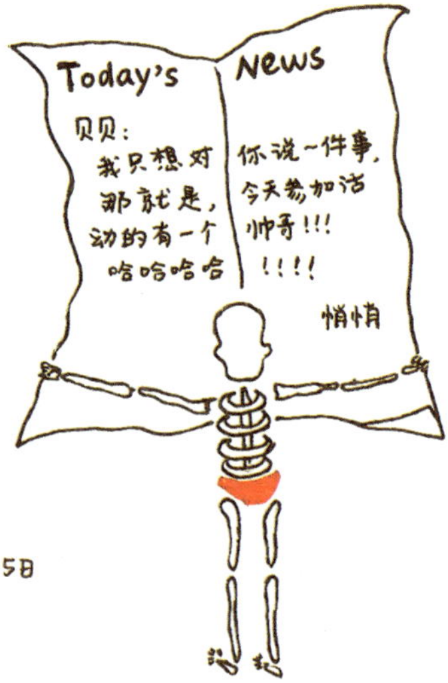

12月15日

有些人让你觉得自己洋溢着年轻，有些人让你觉得自己老态龙钟，其实这与他们的年龄并没有关系。我不喜欢和那些让我丧失年轻活力的人在一起。如果有机会，我想对他们说：“请带着你们的规则滚出我的世界！”

又一年 3月10日

·又一年4月1日·

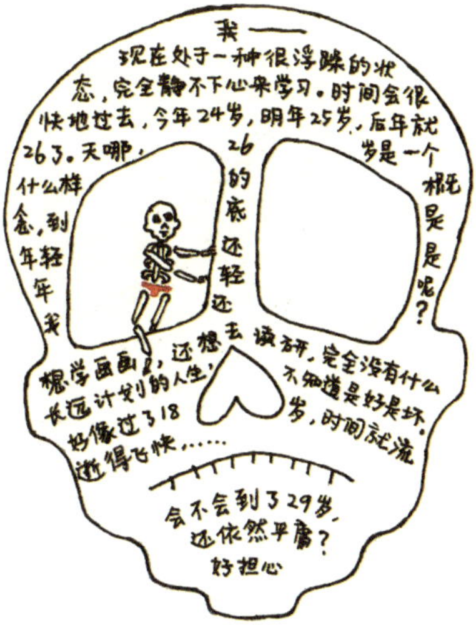

·又一年6月14日·

又一年8月5日

又一年8月30日

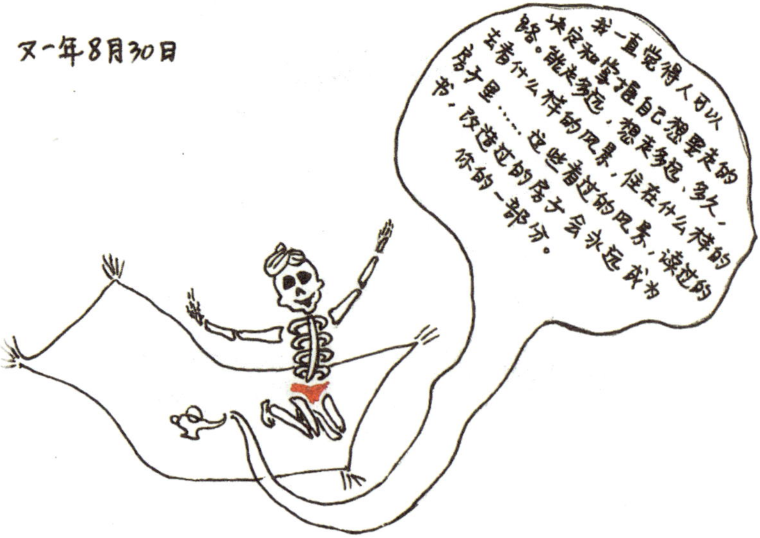

又一年9月2日

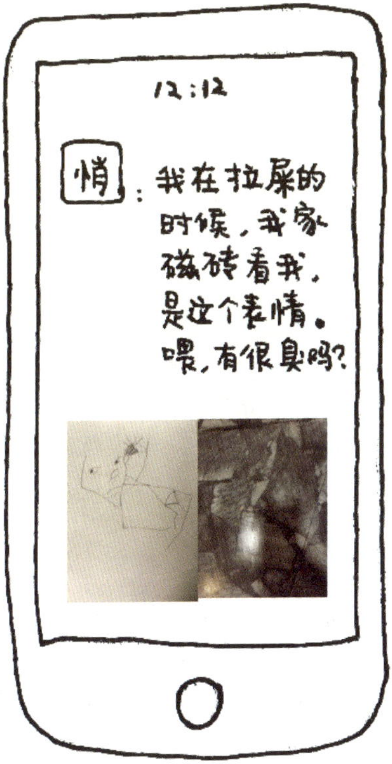

又一年10月17日

既然是《她刊》的采访，今天来说说女性意识觉醒给我带来了多大的改变。人们从一出生就会接收到一些观念，然后不知不觉地把习惯=正确，直到接触到不同观念，开始有了比较，开始知道哪一种更有利于个人的成长。正是3年前的台湾生活让我真正开始觉醒，同宿舍的大陆学姐，中文系一直读到博士，研究的主题是女性文学与电影。一起生活的两个月，我开始很乐意地被一个准女博士洗脑，知道了男生并不是天生喜欢蓝色，女生并不是天生喜欢粉红色；知道了历史的英文叫"history"（his + story他的故事），是因为在那个两性不平等的长久年代，女性被长期压抑，不能发声甚至参与历史事件，因此历史本身这个英文单词也被烙印上不平等的历史意味。从此之后，我就开始留意生活中一些习以为常的观念，直到我发现他们不是正确的，只是我们习惯这个错误太久了，久到麻木。而人生的每个关键点都会遇见某个人，这个人甚至自己都不知道，"他"改变了你的生活，你的全部，因为"他"给你的脑子换了一个零件。从此之后的路，只能是更加畅快，面对不相干的人指手划脚，"I don't care，I love it"。还记得我们民宿的口号吗："艺术无国界，行者无疆"，所以如果你是性别歧视者、种族歧视者、国籍歧视者，我们可不欢迎你哦～

又一年11月12日

妈妈曾对我说，最可怕的是失去了生命的激情；贝贝也曾对我说："要好好保护你的灵性，那是最可贵的。因为好多人都已经失去了，但它是值得一生守护的东西。一个没有了灵性的人创造力会枯竭，感知力会削弱，会变成机器，变成行尸走肉。而那些原始而猖狂的东西吸引着我们去揭开它的面纱。忍不住想要在人类（自己）身上试验人类更多的可能性。或许，这才是艺术吸引人的原因吧，因为它总是打破旧的东西，创造新的东西，永远对这个世界说不，所以艺术很酷。

又一年12月1日

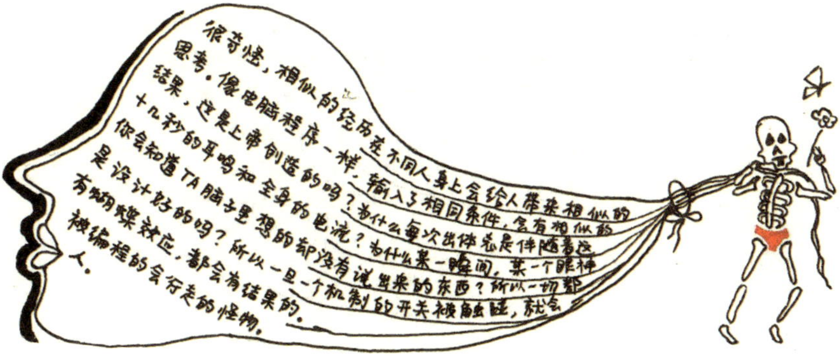

一年又一年3月2日

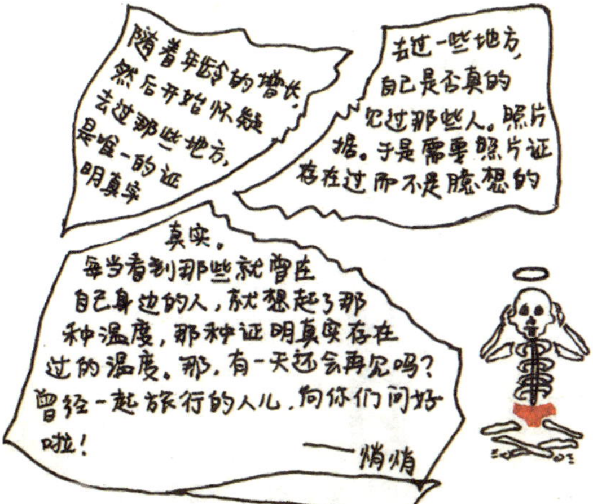

一年又一年3月18日

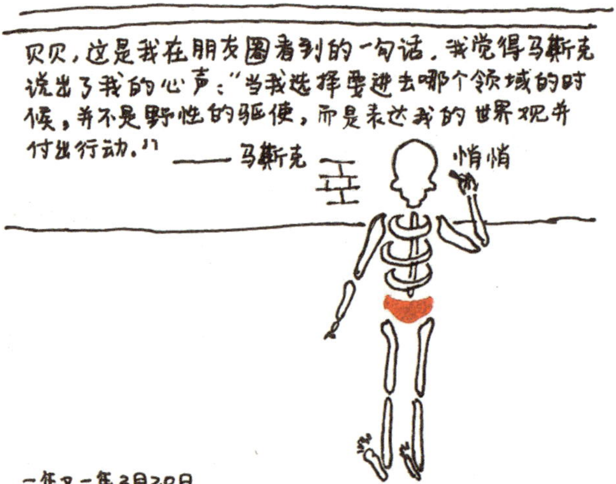

一年又一年3月20日

给你推荐一部电影
叫作《了不起的菲丽西》，希
望我俩能像里面那个小
男孩和小女孩一样永远
充满灵性.
一年又一年3月24日

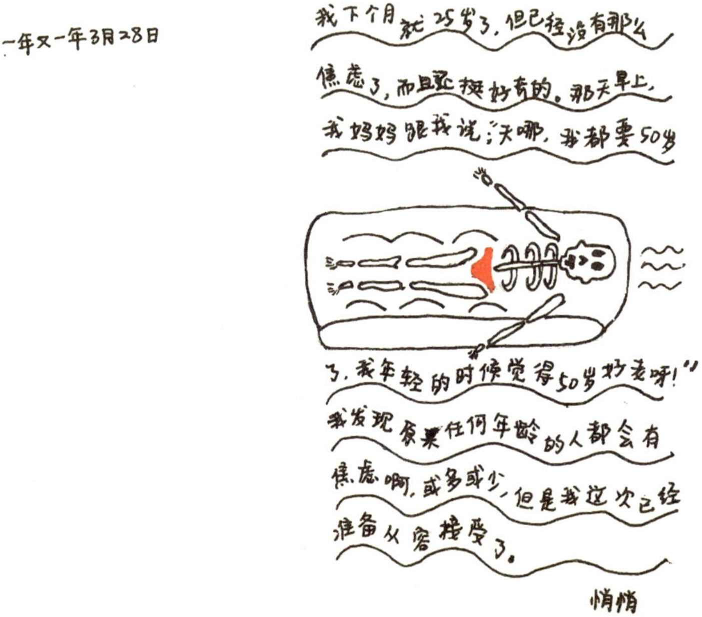
一年又一年3月28日
我下个月就25岁了，但已经没有那么
焦虑了，而且还挺好奇的。那天早上，
我妈妈跟我说："天哪，我都要50岁
了，我年轻的时候觉得50岁好老呀！"
我发现原来任何年龄的人都会有
焦虑啊，或多或少，但是我这次已经
准备从容接受了。
悄悄

一年又一年 4月1日

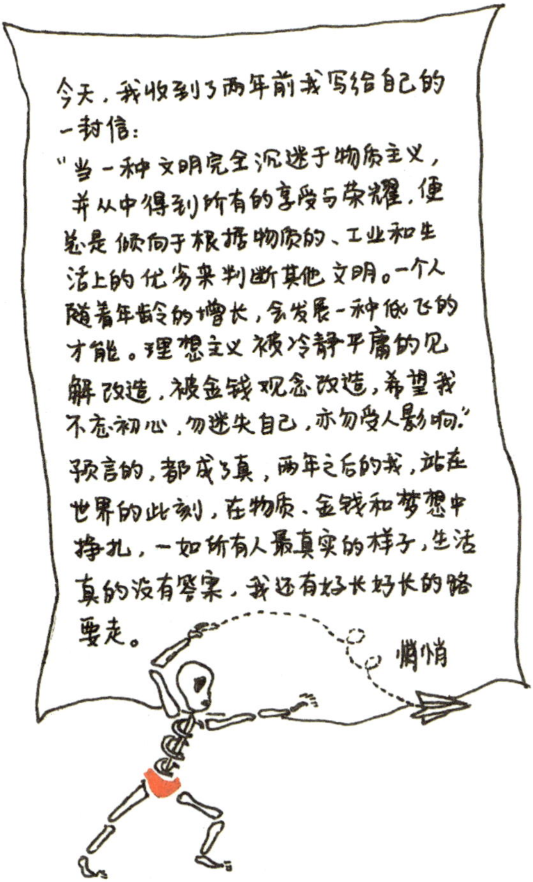
今天，我收到了两年前我写给自己的一封信：
"当一种文明完全沉迷于物质主义，并从中得到所有的享受与荣耀，便总是倾向于根据物质的、工业和生活上的优劣来判断其他文明。一个人随着年龄的增长，会发展一种低飞的才能。理想主义被冷静平庸的见解改造，被金钱观念改造，希望我不忘初心，勿迷失自己，亦勿受人影响。"
预言的，都成了真，两年之后的我，站在世界的此刻，在物质、金钱和梦想中挣扎，一如所有人最真实的样子，生活真的没有答案，我还有好长好长的路要走。
悄悄

爱丽丝梦游仙境

你认同我的每一个脑洞，
就连爱丽丝也会掉进我们的脑洞里

真正的友谊，

是每一次别人觉得我怪异时，你却总是选择支持我，

并且帮助我一起去把这个奇葩脑洞变成现实。

我们的脑洞那么大、那么深，

连爱丽丝都忍不住想要掉进来，开启她全新的冒险！

PART

5

后记

5.1 回到围城

终于写到这里了，北京的春天也来了。一个人坐在办公室里，起身倒了一杯咖啡。窗外北京的道路车水马龙，我的影子映在玻璃上，格外清晰，就像过去的这半年一样。时刻忆起，犹如昨日。

真好啊，写到这里，我们的24岁真的就要告一段落了。

24岁，年轻狂傲，躁动不安，走过了一些路，爱上了一些人。到头来才发现，24岁的痛苦，大多来自于自己，要得太多，而想得太少。

悄悄曾在民宿开了一年之后对我说过，感觉自己好像被这座房子困住了一样。初次听她这样说，我是不理解的，有一所小房子，笑迎八方来客，每天插花喝茶，不应当是所有人都向往的诗与远方吗？

后来我搬进去和她一起生活，才渐渐明白悄悄话中的含义。

每一种生活都是一座围城。

曾经的我们是麻木的，也是盲目的。

被钢筋水泥压抑的麻木，对自由野性憧憬的盲目。

我曾经一度非常迷惘。我喜欢文字，那我是否要放弃一切以写文为生呢？我喜欢旅行，那我是否要抛弃一切以旅行为生呢？我知道现在有很多人靠写文就可以月入过万；我也知道有很多人正四海为家，做代购，开直播。

我曾以为自己可以去做一样的事情，带着满腔的热情与热爱，可是当我真正去做的时候，我感觉到了难以言喻的痛苦。

我喜欢文字，是因为它可以表达我的心声，可以道出我的真实所感、所想。我写的每一个字都是因为我，因为我那一刻的开心、愤怒或者忧伤。当我试图去写一些蹭热点硬性指标的文章，逼着自己去认同或者不认同的时候，我感到痛苦不堪，仿佛自己成了一个傀儡和道具。

我喜欢旅行，是因为我可以背着简单的行囊，走走停停，我可以穿着舒适而随性的衣服，耷拉着人字拖，去奔跑和大笑。

是因为我可以和悄悄一起在空荡荡的山洞里，关了手电，任周围漆黑一片，蝙蝠从我们的头顶飞过，在我们身边盘旋。我们听着洞穴里窸窸窣窣时光流淌的回声，然后就那样坐着，像我们的祖先一样思考人生。

我喜欢旅行，是因为我可以凌晨 3 点钟把悄悄叫醒，去看星空，还有天空的颜色。

我想这一切仅仅只是因为我想，而不是为了拍给谁看。我想用心去感受旅行中的寂静，而不是带着手机中的喧闹上路，不是花很多时间去思考换几身衣服，画什么样子的妆容，摆拍什么样的照片。

我可以去做，我试了，可是我发现我做不到。

所以我对自己说，不喜欢，就算了吧。

不是别人说好的东西，对你来说，就一定好。

只有自己真正体会过的，才是真实的。

只要有欲望，这个世界就没有完美无缺的生活，真实的生活就是一座又一座围城。而人生的快乐，不在于工作或旅行，而在于你是否明白，你的当下足够值得珍惜，你的未来还有无限可能。

只有当你想清楚了自己究竟想要什么，那走在实现自己欲望的路上便是一种幸福，因为那条路你将无怨无悔地拼尽全力。而我们所有人之所以那么痛苦，是因为我们既不满足于当下，又不知道自己究竟想要什么，更不知道自己该如何改变。

围城的存在，是为了保护我们，它本身是没有错的。有错的是我们的思想跟不上我们的欲望。如果想去另一座围城去看看，那就去看看，如果想留下，那就留下。如果在那里待了一段时间不开心，那就回来，或者去下一座城。然后你就会明白，除非你找到一种平衡，除非你明白生活将永远真实，否则不管去到哪座围城，你都不会快乐。

于是我们回来之后，又一次出走了，我去了心心念念的北京，而悄悄被邀请去大理做一个酒店的设计。

之后的之后，我们会在北京会合，继续去做我们所热爱的事情。

我记得王小波曾说过：

有我所不乐意的，在天堂里，我不愿意去；
有我所不乐意的，在地狱里，我不愿意去；
有我所不乐意的，在你们的世界里，我不愿意去。
我只愿蓬勃生活在此时此刻，

无所谓去哪，无所谓见谁。

那些我将要去的地方，都是我从未谋面的故乡；

那些我将要见的人，都会成为我的朋友。

以前是以前，现在是现在。

我不能选择

怎么生，怎么死；

但我能决定

怎么爱，怎么活。

这是我要的自由，

我的

黄金时代。

季羡林不在了；

纪梵希不在了；

霍金也不在了；

他们曾爆发过的小宇宙消失在无穷无尽的太阳系中。

而我们的小宇宙依然要在这永恒的世界里走完一生的轨迹。

我们不过是努力成长的孩子，不愿做这个时代哗众取宠的小丑，也不愿故作高深、装模作样地为别人指点方向。

我们想自由地活着，还想要爱，想要吃，想要怎么吃也吃不胖。

将来的将来，我们想要住在一个有着落地窗的大房子里，看书画画，唱歌奏琴，然后赤着脚跳舞。

将来的将来，正在看这本书的你又会在哪里，在做什么？

我们的小宇宙会相逢吗？

你是否依然坚持着对生命的思索，和对自己的真实呢？

希望今天，我们可以给你足够真实的力量。

PART

6

科普小知识

古晋猫城

古晋(马来语: Kuching)是马来西亚砂拉越州首府,砂拉越河穿城而过,华人和马来人分住在河的两边。古晋又被称为"猫城",因为古晋在马来语中是猫的意思,历史上当地人非常喜欢猫,城市标志也是一只可爱的白猫。但是现在,"猫城"里面其实也没有多少猫哦。

古晋 Annah Raise 长屋

有那么一句话，到砂拉越而不去长屋是一种犯罪。长屋是砂拉越乃至整个婆罗洲部落生活的传统方式，独立的木屋联排而建，由一条长长的公共走廊连为一体，里面的人同在一个屋檐下生活。Annah Raise 长屋，位于深山中的一条小河旁，是古晋最古老最大的长屋之一，距离古晋约 64 公里。

古晋特色美食——三色奶茶

三色奶茶是古晋著名的特色饮料，三层颜色是亚答糖、牛奶、茶。喝起来爽口甘甜，还夹杂着奶香味，非常值得尝试。

三晋红毛猩猩

在灵长类动物中，体型仅次于大猩猩，体毛呈暗红褐色，主

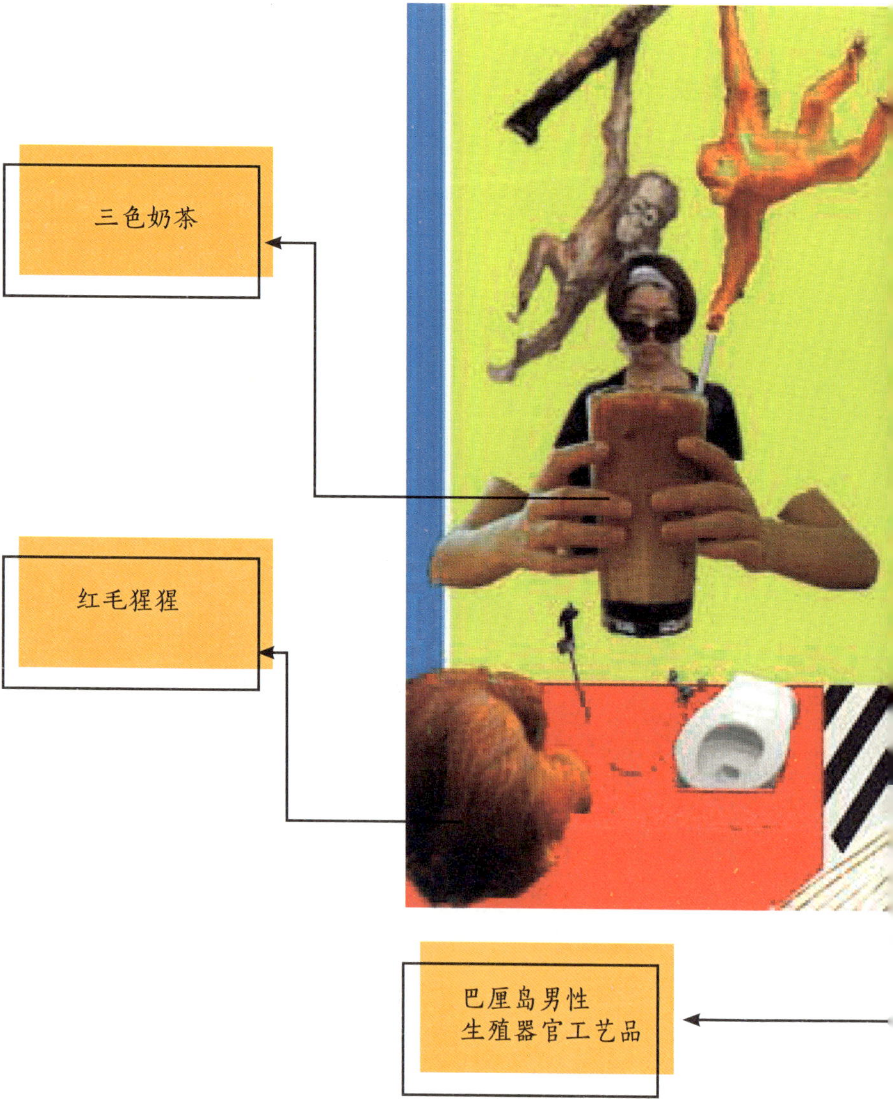
三色奶茶
红毛猩猩
巴厘岛男性
生殖器官工艺品

悄悄 / 拼贴画

印尼婚姻制度

叻沙

马六甲
水上清真寺

猫城古晋

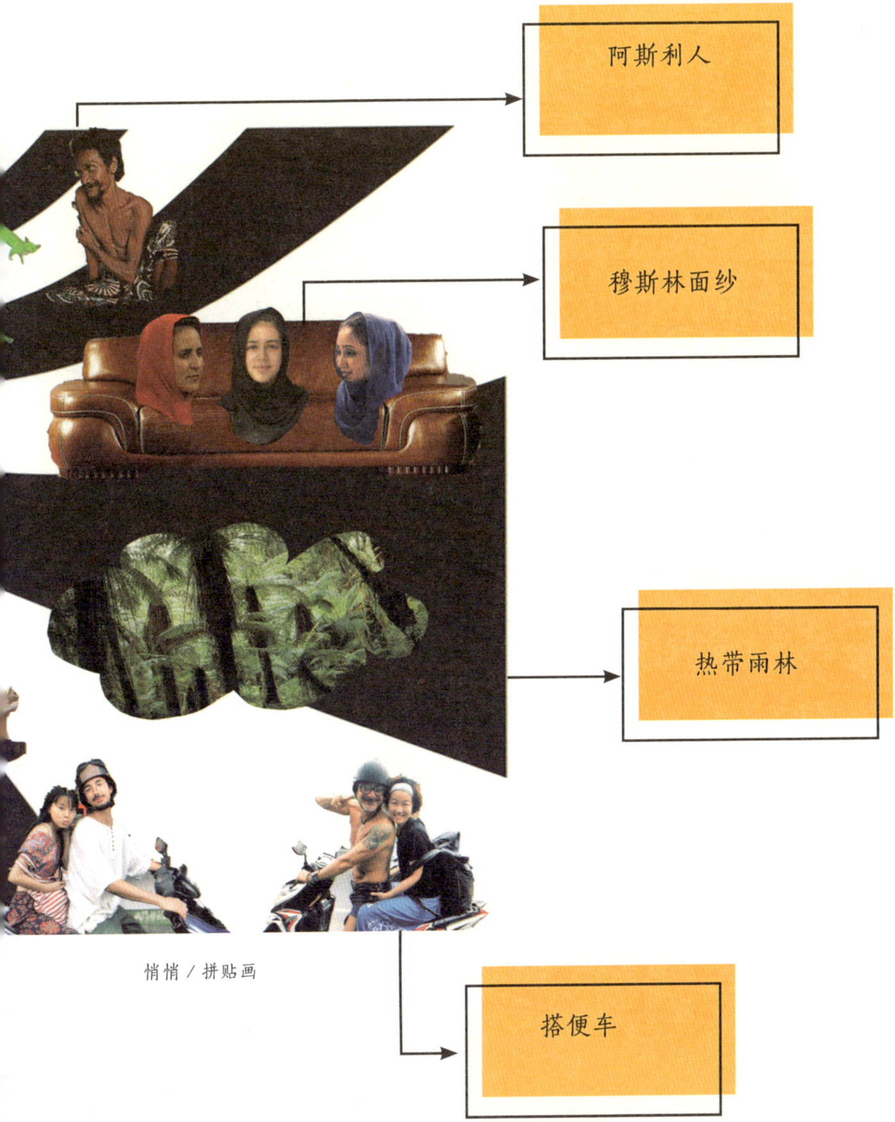

悄悄 / 拼贴画

要分布在印尼加里曼丹岛和马来西亚砂拉越的热带雨林中。因为体型庞大，动作缓慢，曾经遭到猎人的无情猎杀，数量急剧下降，已经是亟需保护的濒危动物。

马来西亚美食——Laksa（叻沙）

叻沙又称喇沙，是新加坡和马来西亚的地道食品，通常用作面条的汤底。制作食材包括虾米、虾羔、蒜蓉、干葱、辣椒、香茅、南姜及椰汁，通常要将它们煮多个小时。

印尼婚姻制度

印度尼西亚是一夫多妻制国家。根据印度教、伊斯兰教的教义，这些教徒中的男性可以娶两名以上的妻子，但必须征得所有现任妻子的同意，以及向宗教法庭提供证据证明，自己有能力为第二个妻子及其子女提供经济上的保障，并承诺将平等地对待所有的妻子。不过目前的很多年轻人，大多也都是一夫一妻的形式。此外，印尼目前实施的婚姻法，印尼男性的法定结婚年龄为 19 岁，女性为 16 岁。我们在旅行中认识的男孩 Eden 刚刚结婚，他的老婆就只有 16 岁。

穆斯林女性的面纱

伊斯兰教是信仰真主的宗教，《古兰经》中规定，女性不能穿着暴露，不能穿紧身的衣服,也不能露出头发,除了手、脚和脸可以露出外,身体其他部位都是隐私部位,不能露出让外人见到。在自己家人面前和同性间倒不必如此。但现在也有很多信奉伊斯兰教的女性不再遵守这点。

中东女孩的蒙面

在雅加达遇见一个害羞的 19 岁阿拉伯男孩，他说在恋爱之前，男生都无法见到女孩面纱后的样貌。等双方确认关系之后，才能看到女孩的长相。我们问他，如果看到长相之后，自己不喜欢怎么办。他说，那就先相处一段时间，然后再跟对方说，双方性格不合适。我们当时被逗得哈哈大笑，不过确实是非常幽默却又真实的中东少男少女的生活写照。

沙发客旅行

“沙发客”这个词源自一个叫 Couchsurfing 的全球沙发客自助游网站。这里可以搜寻到全球各地愿意提供免费住所的当地人，也可以搜到正在寻找免费住宿的旅客。其中，为了节省预算和体验当地文化，寻找免费当地人的家住宿，这样的人叫作“沙发客”。为旅客免费提供自己家的房间或者沙发的人则叫“沙发主”。我和悄悄在旅行中是沙发客，等我们回到家之后，曾经接待过我们的人来到中国，我们也会成为沙发主，接待他们。沙发客旅行正是体现了一种全球化的互助精神。

巴厘岛印度教

巴厘岛因历史上受印度宗教文化的影响，居民大都信奉印度教，是印尼唯一信仰印度教的地方。但这里的印度教同印度本土上的印度教不大相同，是印度教的教义和巴厘岛风俗习惯的巧妙糅合，称为巴厘印度教。岛上居民主要供奉三大天神（梵天、毗湿奴、湿婆神）和佛教的释迦牟尼，此外还祭拜太阳神、水神、火神、风神等。教徒家里都设有家庙，家族组成的社区有族庙，村有村庙，全岛有神庙 12500 多座。因此，该岛又有“千庙之岛”的美称。

巴厘岛男性生殖器官工艺品

印度教毁灭之神湿婆（Siva），前身是印度河文明时代的生殖之神“兽主”和吠陀风暴之神鲁陀罗，兼具生殖与毁灭、创造与破坏双重性格。印度教认为“毁灭”有“再生”的含义，故表示生殖能力的男性生殖器官是他创造力的象征，受到性力派和湿婆派教徒的崇拜。因此我们在巴厘岛能够随处可见琳琅满目的男根工艺品。

TAMAN NEGARA NATIONAL PARK（塔曼尼加拉国家公园）

塔曼尼加拉国家公园总面积 4,343 平方公里，位于西马内陆的东西海岸之间，是马来最大的国家公园。1.3 亿年的历史使其享有世界上最古老的热带雨林的声誉，同时也是距离中国最近的热带雨林保留地。

热带雨林水蛭

水蛭又叫蚂蟥，丛林中水蛭极多，这种动物虽不传染疾病也不立即使人致命，但它吸血多，使人的体力衰弱，并且叮咬处往往流血不止，容易发生感染。蚂蟥的唾液有麻醉和抗凝作用，在其吸血时，我们根本没有一丝感觉。当我们发现并甩掉它之后，伤口会血流不止，还有可能造成感染、发炎和溃烂。好在我和悄悄命大，被叮得一身是血，没出什么大问题。大家千万不要学我们，进入雨林之前，一定要做好万全的措施。

搭便车

搭车文化 Hitchhiking 是英文的“搭顺风车旅行”的专用名词，一般不用付钱。如果你想出门旅行而又囊中羞涩，Hitchhiking 就是一个不错的选择。在欧美，每年有数万人都把搭车当成他们的交通方式，对于他们来说，搭车有着浓浓的自由浪漫的精神，除了可以省钱，也是一种自由探险的旅行方式。不过不得不说明的是，搭车也是一种非常冒险的行为，需要你有敏锐的观察能力、判断能力和应急处理能力，千万不能盲目地为了省钱而搭车。贝贝、悄悄希望大家能够理性搭车，时刻谨记，搭车有风险，且搭且小心。

马六甲海峡

当地人都说没有来过马六甲不算来过马来西亚。马六甲是马来西亚历史上最悠久的城市，2008 年被联合国列入世界文化遗产名录。这座有着近 700 年历史的贸易古城，因其良好的航海位置和丰富的香料等物产资源，一直是殖民者必争之地。郑和七次下西洋，有五次都曾在这里停靠，传说第一代华人跟随郑和从马六甲上岸到马来西亚，他们的后代就被称为“峇峇娘惹”。正因为有这样的历史背景，所以可以在今天的马六甲看到真正南洋风格的建筑，也可以吃到各种特色美食。

马六甲水上清真寺

马六甲水上清真寺，白屋金顶，五彩玻璃，临海而建，水位高时如同漂浮着，非常漂亮。进入寺内参观需要脱掉鞋子，穿上寺庙提供的袍子。清真寺对面就是全世界最繁忙的马六甲海峡，可以看到远处船来船往，风景非常优美。

Orang Asli 阿斯利人

“Orang Asli”的意思是“原始的人”。如今世界上大约有60,000的Orang Asli人，都住在马来西亚半岛。其中60%仍然生活在雨林中，40%生活在海边或附近，各有自己的语言和文化。

生活在丛林部落中的Asli人以打猎或捕鱼获取食物。Orang Asli人非常害羞，当他们不打猎时，就会躺在他们的“房子”里休息，抽自制的烟卷，或者制造飞镖。他们主要通过吹管来打猎，每次都会携带超过100支飞镖。吹管是用竹子做的，嘴部则是由一种从双翅果树中获得的树脂——达玛尔制成。飞镖是由Arenga棕榈锥的劈裂叶柄制成的，顶端涂有一种由Lpol树的汁液制成的致命制剂(Antiaris毒物)，并且存放在一个小心封闭的竹筒内。至于类似柔软蓬松的“羊毛”的游隙(Windage)则是用树皮做的。吹管在20米内足以让猎物致命。

平常他们主要捕猎鸟和猴子，当有盛大的聚会，比如结婚的时候，他们就会去捕猴子。Orang Asli是传统的万物有灵论者，他们相信在不同的物体中存在灵魂。他们对死去的祖先和被捕猎的动物的灵魂有着非常强烈的恐惧，所以他们都遵守着一项约定俗成的规定，那就是，所有的动物在森林中被捕捉时都不应该遭受痛苦。

Asli 人的部落大多沿河而建。一个部落定居点大约有 10 座“房子”。它们的屋顶用树叶做成，地板和墙壁则是用木头做的。他们会一直生活在一个地方，直到有什么事情发生，比如死亡或重病。每个部落都会有一名酋长，此时他们的酋长就会决定他们是否搬离。当他们搬到一个新的住处之后，他们大概只需两三个小时就可以盖一座新的房子。

PART

7

冒险小攻略

⏰ 如果你想冒险，收获意想不到的东西，那么不要总是参考旅行攻略。因为总有一些地方，还没有中国人去过，甚至还没有人去过。去和当地人交换信息，你才能找到和了解这些地方。

⏰ 买旅行保险，并且确认里面有一条国际医疗小组紧急救援。（没买的话，遇上火山喷发、海啸这类突发情况，自己自费找私人飞机救援的话，大概需要250万人民币）可以在网上购买，我们俩人均算下来10块人民币一天。

⏰ 推荐一本背包客圣经《孤独星球》，即便你不是一个背包客，这些具有冒险精神的旅行目的地推荐还是别具一格的。提前阅读能够帮助你对当地的货币、风俗禁忌、疾病状况有个大致的了解。

⏰ 如果你住在青年旅舍，主动和舍友们打招呼，并且提前一天问好要去同一个地点玩的“舍友们”，然后拼车，会十分便宜而且舒适地度过一天。

⏰ 去到陌生的城市可以先问一下当地人，当地的治安怎么样，还有采取何种措施可以避免危险。

语言能够帮助你和当地人有更加深刻的交流。所以，光会英语可能还不够，西班牙语、法语、葡萄牙语边学边用……你会发现自己的世界更加开阔了。

有的时候要学会撒谎，当有陌生人问你是否孤身一人时，告诉他们你的朋友在等你。

出门在外要学会使用当地人使用的软件。例如你去东南亚，除了 Uber，你还可以使用 Grabcar、Gojeck 这些打车软件。这些软件不仅可以打到出租车、快车，还可以打到摩托车，会有一个骑着摩托车的大叔载着你飞驰，可以节约很多旅费。

沙发客旅行在欧美非常普遍，但是如果你从未当过沙发客，建议你提前了解沙发客旅行的文化，做一个有素质的沙发客。并且要谨慎选择你的沙发主，如果实在没有靠谱的沙发主接受你的请求，宁可住青旅，也不要住进自己看一眼就觉得心里不踏实的人家里，毕竟安全永远是最重要的。

PART

8

未完待续

8.1 来自世界的 100 个吻

“世界对着它的爱人，把它浩瀚的面具揭下了，它变小了，小如一首歌，小如一回永恒的接吻。”

写这本书的时候，我们曾说好要一直旅行下去的。

一眨眼，25 岁了，我们未曾食言。

25 岁的旅行，我们跨越了欧洲大陆。

这一次我们不仅仅想要走出围城，还要用旅行来表达自我，用旅行来改变世界。

于是，旅行的过程中，我们启动了一项全新的陌生人实验——100 Kisses from the world（来自世界的 100 个吻）。

在埃菲尔铁塔下，在斑驳的柏林墙前，在威尼斯小桥上，我们举起“can I get a kiss?”（能给我一个吻吗？）的牌子，站在陌生人的人流里。

“Can I get a kiss?”

“Yes, of course you can.”（当然可以。）

然后我们给了全世界一张纸，邀请他们留下吻，还有一点他们愿意与这个世界分享的讯息。

我们究竟为什么要这样做？

世界对我们这样的请求，又会有怎样的回应？

如今，我们回来了，把关于 25 岁的记忆写进了下一本书里。

我还记得在 100 人之吻的最后一站，我们蒙上双眼走上查尔斯大桥。

人海中，我听见海鸥从身边滑过，听见来自不同国家、不同肤色的人在用不同的口音读着我们的标语，他们轻声念着：“Can I get a kiss?”

我听见有人笑了，有人笑着走了，有人停在了我的身边。

我听见一个小弟弟稚嫩的声音。我看不见他的长相，但我知道他就站在我的跟前。

我听见他轻声地问我：“Is it real?”（这是真的吗？）

然后我笑了。

“Is it real?”

这是一个好问题。

我们希望这个世界不再有欺凌，不再有勉强，女孩子都大胆地追求自己的爱情，男孩子都变成自由的自己，我们都能和这个世界相亲相爱。

就像约翰列侬说的那样“Make love not war.”（要爱，不要战争。）

就像另一个男孩在他的吻旁所写的一样“What we imagine can always be real. Always.”（我们所梦想的事情终究会成为现实的，终究！）

“世界对着它的爱人，把它浩瀚的面具揭下了，它变小了，小如一首歌，小如一回永恒的接吻。” 泰戈尔如是说。

下一本书里，让我们一起去迎接世界的亲吻，去做世界的爱人……

canI一个吻
Get a kiss
Can I Get
A Kiss?
Can I Get
a kiss?
Marionetten eines

Plastics
Can I Get
a kiss?
Can I Get
a Kiss?

热　爱

世界、生命、还有

____

（请列出那些值得你热爱的名字）

未完待续~